TRANZLATY

El idioma es para todos

语言属于每个人

La Transformación
(*La Metamorfosis*)

变形记

Franz Kafka

弗朗茨·卡夫卡

Español

普通话

www.tranzlaty.com

Primera parte
第一部分

Gregorio Samsa se despertó una mañana de un sueño intranquilo.

一天早晨，格里高尔·萨姆沙从不安的梦中醒来。

Se encontró en su cama, pero incapaz de moverse.

他发现自己躺在床上，却动弹不得。

Se había transformado en una alimaña monstruosa.

他变成了一只可怕的害虫。

Estaba acostado boca arriba, sobre su espalda, que estaba dura como una armadura.

他仰面躺着，皮肤坚硬如盔甲。

Levantando un poco la cabeza podía ver su barriga.

他稍微抬起头，就能看到自己的肚子。

Pero su vientre estaba abovedado y dividido en segmentos.

但他的肚子是圆顶状的，并且分成了好几节。

La manta descansaba encima de su vientre redondeado.

毯子盖在他圆滚滚的肚子上。

Pero la manta estaba a punto de caerse por completo.

但毯子几乎要完全滑落下来了。

Sus piernas eran lamentables comparadas con su tamaño habitual.

与他平时的腿相比，他的腿显得很细小可怜。

Y sus muchas piernas se movían impotentes ante sus ojos.

他眼前许多条腿无助地闪烁着。

"¿Qué me ha pasado?" pensó para sí.

"我这是怎么了？"他心想。

Pero no era un sueño del que no pudiera despertar.

但这并非一场他无法醒来的梦。

En realidad era su propia habitación la que él se encontraba.

他发现自己确实身处自己的房间。

Un auténtico espacio para humanos, aunque un poco pequeño.

确实是一间适合人居住的房间，只是稍微小了一点。

Él yacía tranquilamente entre las cuatro paredes conocidas.

他静静地躺在四面熟悉的墙壁之间。

Sobre la mesa había una colección de muestras textiles.

桌上摆放着一些纺织品样品。

Samsa era un vendedor ambulante, de ahí las muestras.

萨姆萨是一名旅行推销员，所以才有了这些样品。

Encima de las muestras textiles desmontadas había una imagen.

在拆解后的纺织品样品上方挂着一张图片。

Recientemente había recortado la imagen de una revista.

这张照片是他最近从杂志上剪下来的。

Había colocado el cuadro en un bonito marco dorado.

他把这幅画装裱在一个漂亮的镀金画框里。

El cuadro enmarcado mostraba a una dama sentada erguida.

裱框的画作描绘了一位端坐的女士。

Llevaba un gorro de piel y tenía un manguito de piel.

她戴着一顶皮帽，还拿着一个皮手筒。

Ella estaba levantando su mano hacia el espectador de la imagen.

她举起手，指向照片的观看者。

Todo su antebrazo desapareció dentro de su pesado manguito de piel.

她的整个前臂都消失在厚厚的皮毛手筒里。

Gregor miró por la ventana el clima gris.

格里高尔透过窗户望着阴沉的天气。

Se podía oír fuertes gotas de lluvia golpeando la ventana.

可以听到雨滴猛烈地敲打窗户的声音。

El clima gris lo hacía sentir muy melancólico.

阴沉的天气让他感到非常忧郁。

"¿Qué tal si duermo un poco más?" pensó.

"要不我再睡一会儿吧？"他心想。

"Dormir más podría ayudarme a olvidar estas tonterías".

"多睡一会儿或许能让我忘记这些无聊事。"

Pero dormir más era completamente inviable.

但再睡下去就完全不可能了。

Porque estaba acostumbrado a dormir sobre su lado derecho.

因为他习惯右侧卧睡。

Pero su estado actual le impedía realizar sus movimientos habituales.

但他目前的状况使他无法像往常那样行动。

No tenía forma de llegar a esa posición.

他根本不可能让自己陷入这种境地。

Intentó con todas sus fuerzas lanzarse hacia su lado derecho.

他竭尽全力向右侧翻身。

Probablemente intentó este movimiento cientos de veces.

他可能尝试过这个动作一百次。

Pero él siempre volvía a la posición supina.

但他总是会摇晃着回到仰卧的姿势。

Cerró los ojos para no ver sus piernas inquietas.

他闭上眼睛，不去注意自己不安分的双腿。

Al final el dolor le impidió intentarlo de nuevo.

最终，疼痛让他放弃了再次尝试的念头。

Un dolor sordo en el costado que nunca había sentido antes.

他侧腹传来一阵钝痛，这是他以前从未有过的感觉。

«Oh Dios», pensó desesperado Gregorio Samsa.

"哦，上帝啊，"格里高尔·萨姆沙绝望地想。

¡Qué profesión tan agotadora he elegido para mí!

"我给自己选择了一份多么辛苦的职业啊！"

"Día tras día tengo que viajar por trabajo".

"我每天都要出差工作。"

"El trabajo de oficina es mucho más fácil que trabajar fuera de casa".

"办公室工作比出差工作轻松得多。"

"Y tengo la maldición de tener que viajar."

"而我则不幸地不得不四处奔波。"

"Todas las preocupaciones por llegar a tiempo a los trenes."

"所有关于能否准时赶上火车的担忧。"

"Mis horarios de comida son irregulares y la comida es mala".

"我的用餐时间不规律，而且饭菜也不好吃。"

"Mis amigos siempre están cambiando de ciudad en ciudad."

我的朋友总是随着城镇而变化。

"Las interacciones que tengo son frías y profesionales".

"我与他人的互动冷淡而公事化。"

"¡Dejad que el Diablo se divierta con este tipo de trabajos!"

"让魔鬼来做这种工作吧！"

Sintió un ligero picor en la parte superior del estómago.

他感觉腹部上方有点痒。

Se apoyó contra el poste de la cama, con la espalda.

他用背部抵住床柱。

Quería poder levantar mejor la cabeza.

他希望自己能更好地抬起头。

Encontró el punto que le picaba y le molestaba.

他找到了让他发痒的地方。

Su cabeza parecía estar cubierta de pequeños puntos blancos.

他的头上似乎布满了白色小点。

No podía decir qué eran esos pequeños puntos blancos.

他无法分辨这些小白点是什么。

Había planeado tocar el lugar con una de sus piernas.

他原本计划用一条腿触碰那个地方。

Pero cuando tocó el lugar sintió un extraño escalofrío.

但当他触摸到那个地方时，却感到一阵奇怪的寒意。

Entonces inmediatamente retiró la pierna del lugar.

于是他立刻把腿从原地抽了回来。

No tuvo más remedio que aceptar la sensación de picazón.

他别无选择，只能接受这种瘙痒的感觉。

Y volvió a su posición anterior en la cama.

他又回到了之前在床上的姿势。

"Despertarse tan temprano realmente te vuelve bastante estúpido".

"早起真的会让人变笨。"

"Un hombre debe dormir lo suficiente", pensó.

"人一定要保证充足的睡眠，"他心想。

"Los demás vendedores ambulantes viven una vida de lujo."

"其他旅行推销员过着奢华的生活。"

"Por la mañana transfiero los pedidos que he recibido."

"早上我会把收到的订单转过去。"

"Mientras tanto esos señores todavía están desayunando."

"与此同时，那几位先生还在享用早餐。"

"Imagínese si intentara hacer eso con mi jefe".

"想象一下，如果我对老板这么做会怎样。"

"Me despediría antes de terminar mi desayuno."

"我还没吃完早饭他就会把我解雇。"

"Pero quizá eso tampoco sería lo peor."

"但或许那也不是最糟糕的事。"

"El problema es que mis padres me están frenando".

"问题是我的父母拖了我的后腿。"

"Si no fuera por ellos ya habría dimitido."

"要不是因为他们，我早就辞职了。"

"Me habría enfrentado al jefe y se lo habría dicho".

"我会站出来和老板理论。"

"Diría exactamente lo que pienso de él y del trabajo".

"我会直言不讳地表达我对这个人以及这份工作的看法。"

"¡Se caería del escritorio si le contara todo!"

"如果我把一切都告诉他，他会从桌子上摔下来的！"

"Es muy extraña la forma en que se sienta en su escritorio".

"他坐在办公桌前的姿势很奇怪。"

"La forma en que habla con sus subordinados no es correcta".

"他对待下属的方式不对。"

"Y lo peor es que su audición es muy pobre".

"最糟糕的是，他的听力很差。"

"Así que no te queda otra opción que sentarte muy cerca de él."

所以你别无选择，只能坐在他旁边。

Pero dicho todo esto, la esperanza no está completamente perdida todavía.

"但即便如此，希望也还没有完全破灭。"

"Ahorraré el dinero para pagar la deuda de mis padres".

"我会把钱存起来，用来还清父母的债务。"

"No puedo hacer nada mientras todavía le deban dinero".

"只要他们还欠他钱，我就什么也做不了。"

"Pero cuando la deuda esté pagada definitivamente lo haré."

“但是等债务还清后，我一定会做的。”

"Probablemente tomará otros cinco o seis años."

“可能还需要五到六年时间。”

"Sí, entonces definitivamente se hará la gran separación".

“是的，那么肯定会出现大分裂。”

"Por el momento, sin embargo, debo levantarme de la cama."

“不过，眼下我必须起床了。”

"Porque mi tren sale a las cinco en punto."

“因为我的火车五点钟就要出发了。”

Gregor miró el despertador que sonaba sobre la mesa.

格里高尔看着桌上滴答作响的闹钟。

"¡Padre Celestial!" pensó al ver la hora.

“天父啊！”他看着时间心想。

Las seis y media ya habían pasado silenciosamente.

六点半已经悄然过去了。

Y las manecillas del reloj seguían avanzando.

时钟的指针不停地向前移动。

Y ahora se acercaba la cuarta hora menos cuarto.

现在时间已经接近七点四十五分了。

"¿Quizás la alarma no sonó para despertarme?", pensó.

“也许闹钟没响，没把我吵醒？”他想。

Desde la cama Gregor inspeccionó el despertador.

格里高尔躺在床上，看了看闹钟。

El despertador estaba programado exactamente para las cuatro.

闹钟已正确设定为四点钟。

No podía explicarlo, pero la alarma debió haber sonado.

他无法解释，但警报肯定响了。

"¿Cómo pude dormirme a pesar de la alarma sin darme cuenta?"

"我怎么会睡过头而不知道闹钟响了呢？"

Cuando suena la alarma incluso sacude los muebles.

警报响起时，甚至会震动家具。

Sabía que su sueño no había sido para nada tranquilo.

他知道自己的睡眠一点也不安稳。

Pero quizá por eso su sueño era mucho más profundo.

但或许正因如此，他的睡眠才更深沉。

Tenía que pensar qué debía hacer ahora.

他必须好好想想接下来该怎么办。

El siguiente tren no salía hasta las siete.

下一班火车要到七点才发车。

Coger ese tren sería casi imposible.

赶上那趟火车几乎是不可能的。

Y aún no había empacado los textiles que necesitaba.

他还没打包所需的纺织品。

Tampoco se sentía especialmente fresco y ágil.

他感觉自己也不太精神，行动也不太敏捷。

Quizás había una posibilidad de subir al tren.

或许还有机会搭上火车。

Pero de todas formas, un regaño por parte del jefe era inevitable.

但无论如何，老板的训斥都是不可避免的。

El empleado habría subido al tren de las cinco.

店员本可以搭乘五点钟的火车。

El oficinista era una criatura sin carácter del jefe.

那个办公室职员是老板的走狗，毫无骨气。

Así que la ausencia de Gregor ya habría sido informada.

所以格雷戈尔的缺席应该已经被报告了。

"¿Qué pasa si llamo para avisar que estoy enfermo?" Gregor estaba pensando.

"如果我打电话请病假呢？"格雷戈尔正在考虑。

Pero eso sería extremadamente embarazoso y sospechoso.

但那样做会非常尴尬，而且令人怀疑。

Gregor nunca había estado enfermo durante el tiempo que trabajó allí.

格雷戈尔在那里工作期间从未生过病。

Y ya les había dado cinco años de servicio.

他已经为他们服务了五年。

Lo más probable era que el jefe viniera a ver cómo estaba.

老板很可能会来查看他的情况。

Probablemente traería al médico del seguro médico.

他可能会带医保医生来。

Y culparía a los padres por la pereza de su hijo.

他会把儿子的懒惰归咎于父母。

No podrían hacerle ninguna objeción.

他们无法对他提出任何异议。

Porque para él sólo había dos clases de trabajadores.

因为在他看来，工人只有两种。

O bien los trabajadores estaban completamente sanos o bien eran reacios al trabajo.

要么工人身体完全健康，要么他们懒惰成性。

¿Y estaría equivocado en ese análisis básico?

他在这种基本分析上真的会错吗？

Ciertamente, en este caso tenía un argumento sólido.

当然，就此事而言，他的论点很有说服力。

A pesar de su apariencia, Gregor en realidad se sentía bastante bien.

尽管格里高尔看起来有些憔悴，但他实际上感觉很好。

El sueño innecesariamente largo lo dejó un poco somnoliento.

不必要的长时间睡眠让他有些昏昏欲睡。

Pero aparte de eso no podía quejarse de enfermedad.

但除此之外，他没有其他不适症状。

Incluso sintió un hambre especialmente fuerte y saludable.

他甚至感到了一种特别强烈而健康的饥饿感。

Mientras pensaba estos pensamientos el reloj volvió a sonar.

他正想着这些事时，时钟又敲响了。

Según la alarma eran ya las siete menos cuarto.

根据警报声，现在是七点四十五分。

Y ahora también se oyó un suave golpe en la puerta.

这时，门上传来轻轻的敲门声。

—Gregor —lo llamó alguien. Era la madre.

"格雷戈尔，"有人叫他——是他的母亲。

"Son las siete menos cuarto", confirmó la alarma.

"现在是七点四十五分，"她确认了警报。

¿No querías irte?, preguntó la suave voz.

"你不想离开吗？"温柔的声音问道。

Gregor se asustó cuando oyó su voz respondiendo.

格里高尔听到自己的声音回答时，吓坏了。

La voz seguía siendo la voz que siempre tuvo.

那声音还是他一直以来的声音。

Pero ahora había un nuevo sonido mezclado en su voz.

但他的声音里现在混杂着一种新的声音。

Desde lo más profundo de él también salió un doloroso chillido.

他内心深处也发出了一声痛苦的呻吟。

Al principio su voz parecía formar palabras con claridad.

起初，他的声音似乎能清晰地组成词语。

Pero entonces Gregor escuchó el eco mental de su voz.

但随后格里高尔听到了他声音的回声。

La grabación de su voz se interrumpió de una manera
extraña.

他的声音录音出现了奇怪的断断续续的情况。

Y no estaba seguro de si había escuchado las cosas
correctamente.

他不太确定自己是否听得没错。

Gregor sintió un profundo deseo de dar una respuesta
detallada.

格里高尔很想给出详细的答案。

Quería explicarle todo claramente a su madre.

他想把一切都清楚地解释给母亲听。

Pero, dadas las circunstancias, tuvo que limitarse.

但是，鉴于当时的情况，他不得不克制自己。

Y respondió mucho más breve de lo que le hubiera gustado.

他的回答比他预想的要简短得多。

-Sí madre, no te preocupes, gracias, ya estoy levantado.

"好的，妈妈，别担心，谢谢，我已经起来了。"

La puerta de madera probablemente ayudó a amortiguar su
voz.

木门可能起到了一定的隔音作用。

Desde fuera el cambio en la voz de Gregor pasó
desapercibido.

外界并没有注意到格里高尔声音的变化。

La madre pareció estar satisfecha con su explicación.

母亲似乎对他的解释感到满意。

Y ella se fue de nuevo tan silenciosamente como había
llegado.

她像来时一样悄无声息地离开了。

Pero la pequeña conversación tuvo un efecto no deseado.

但这段简短的谈话却产生了意想不到的后果。

Llamó la atención de los demás miembros de la familia.

他引起了其他家庭成员的注意。

Gregor todavía estaba en casa y no había ido a trabajar.

格里高尔仍然待在家里，没有去上班。

Y ahora el padre también llamó a la puerta lateral.

这时，父亲也敲了敲侧门。

Golpeó débilmente, pero decidido, con el puño.

他用拳头轻轻敲了敲，虽然力度不大，但语气坚定。

—Gregor, Gregor —gritó—, ¿cuál es el problema?

“格里高尔，格里高尔，”他喊道，“出什么事了？”

Al cabo de un rato volvió a advertir con voz más grave.

过了一会儿，他用更低沉的声音再次警告道。

Pero ahora la hermana llamó a la puerta del otro lado.

但现在，妹妹敲响了另一扇门。

"¿Gregor? ¿No te encuentras bien?", preguntó en voz baja.

“格雷戈尔？你身体不舒服吗？”她轻声问道。

"¿Necesitas algo?" preguntó preocupada.

她关切地问道：“你需要什么吗？”

Gregor respondió a ambas partes: "Ya he terminado".

格里高尔对双方都回答说：“我已经完成了。”

Había hecho todo lo posible para pronunciar todas las palabras con cuidado.

他尽力将每个字都发音清晰。

Y eliminó todo lo que era llamativo en su voz.

他抹去了声音中所有明显的特征。

El padre también parecía satisfecho con la respuesta.

父亲似乎也对这个答案感到满意。

Y regresó a su desayuno inacabado.

于是他又回去继续吃他还没吃完的早餐。

Pero la hermana susurró: "Gregor, ábreme, te lo ruego".

但妹妹低声说： "格雷戈尔，开门，求求你。"

Pero su preocupación por él no podía conmoverlo de ninguna manera.

但她对他的关心丝毫没能打动他。

Gregor no tenía intención de abrirle la puerta.

格里高尔根本没打算为她开门。

Había adquirido algunos hábitos de cautela al viajar.

他因旅行而养成了一些谨慎的习惯。

Y se alababa a sí mismo por haber cerrado las puertas.

他为自己锁好门而沾沾自喜。

Primero quiso levantarse tranquilamente y a su propio ritmo.

他一开始只想安静地按照自己的节奏起床。

Y sin que nadie le molestara quiso vestirse.

他不想被打扰，只想穿好衣服。

Una vez logrado esto, quiso entonces desayunar.

完成这件事后，他想吃早餐。

Sólo entonces quiso reflexionar más sobre la situación.

直到那时，他才想进一步考虑这个问题。

Sabía que no tenía sentido hacer planes en la cama.

他知道在床上制定计划毫无用处。

Sería imposible llegar a una conclusión sensata.

得出合理的结论是不可能的。

Había habido otras ocasiones en las que se despertó con dolores leves.

他以前也曾有过几次醒来时感到轻微疼痛的情况。

Estos dolores siempre resultaban ser pura imaginación.

这些痛苦最终都被证明只是想象出来的。

Al levantarme de la cama el dolor invariablemente desaparecía.

起床后，疼痛通常会消失。

Tenía curiosidad por ver qué pasaría con esas ideas.

他很好奇这些想法最终会如何发展。

El cambio en su voz probablemente se debió sólo a un resfriado.

他声音变声可能是感冒引起的。

Los resfriados son simplemente un riesgo laboral para los viajeros.

感冒对旅行者来说只是职业病而已。

No tenía ninguna duda de que ésa era la explicación lógica.

他毫不怀疑这就是合乎逻辑的解释。

Logró quitarse la manta de encima con facilidad.

他轻而易举地就把毯子从身上拿开了。

Lo único que tenía que hacer era inhalar e inflarse.

他只需要吸气，让自己膨胀起来。

La manta se deslizó de su cuerpo y cayó al suelo.

毯子从他身上滑落，掉在了地板上。

Su cuerpo increíblemente ancho dificultaba otras cosas.

他极其宽阔的身躯给其他事情带来了困难。

Habría necesitado brazos y manos para ponerse de pie.

他需要手臂和双手才能站起来。

Pero ya no tenía las extremidades que solía tener.

但他已经失去了以前那样的四肢。

En lugar de brazos y manos tenía muchas piernas pequeñas.

他没有胳膊和手，却长着许多小腿。

Y sus piernas se movían constantemente, sin su control.

他的双腿不受控制地不停地动。

Intentó doblar una pierna, pero en lugar de eso se estiró.

他试图弯曲一条腿，结果腿却伸直了。

Finalmente logró controlar una pierna.

他终于控制住了一条腿。

Pero luego se liberó el movimiento de las otras piernas.

但随后另一条腿的动作也停止了。

Y todas sus piernas se crisparon de extrema excitación.

他兴奋得双腿都抽搐起来。

Primero quería sacar la parte inferior de su cuerpo de la cama.

他首先想把下半身从床上挪下来。

Pero en realidad aún no había visto la parte inferior de su cuerpo.

但他其实还没有看到自己的下半身。

Y, de todas formas, resultó demasiado difícil mover esta pieza.

而且事实证明，移动这部分实在太困难了。

Finalmente, con todas sus fuerzas, realizó un movimiento salvaje.

最后，他用尽全力，做出了一个大胆的举动。

Sin más vacilación, avanzó.

他不再犹豫，向前迈了一步。

Pero había elegido la dirección equivocada.

但他选错了前进的方向。

Golpeó violentamente su cuerpo contra el poste inferior de la cama.

他猛地用身体撞击床柱下方。

El dolor ardiente que sintió le enseñó una valiosa lección.

他所感受到的灼痛教会了他一个宝贵的教训。

La parte inferior de su cuerpo era quizás más sensible.

他身体的下半部分可能更敏感。

Entonces intentó sacar primero la parte superior del cuerpo de la cama.

所以他先试着把上半身从床上抬起来。

Giró cuidadosamente la cabeza en la dirección correcta.

他小心翼翼地把头转向正确的方向。

Y pronto su cabeza estaba mirando hacia el borde de la cama.

很快，他的头就朝向了床边。

Este movimiento cauteloso en realidad fue fácil para él.

这种谨慎的举动对他来说其实很容易。

Y su anchura y peso no detuvieron su movimiento.

他的体型和体重并没有阻止他的移动。

La masa de su cuerpo siguió lentamente el giro de la cabeza.

他的身体重心缓缓地随着头部转动而移动。

Pero luego sostuvo su cabeza sobre el borde de la cama.

但他随后将头伸出床边。

Y se enfrentó a un nuevo miedo en el que aún no había pensado.

他还面临着一种他之前从未想过的恐惧。

Avanzar más por este camino podría ser peligroso.

继续这样下去可能会很危险。

Había pensado que simplemente se dejaría caer.

他原本以为自己会就此坠落。

Pero sería un milagro si no se lesionara la cabeza.

但如果他没伤到头部，那简直就是个奇迹。

Ahora no era el momento de arriesgarse a perder el conocimiento.

现在绝不是冒着失去意识的风险的时候。

Quizás sería mejor quedarse en la cama después de todo.

或许待在床上才是最好的选择。

Pero luego tuvo que hacer el mismo esfuerzo para regresar.

但之后他又不得不付出同样的努力才能回去。

Después de todo ese esfuerzo él estaba tendido allí igual que antes.

费了九牛二虎之力，他最终还是像之前一样躺在那里。

Y ahora sus piernas parecían incluso más enojadas que antes.

现在他的双腿似乎比之前更加愤怒了。

Los movimientos de sus piernas se habían vuelto aún más incontrolables.

他的腿的动作变得更加无法控制了。

No veía manera de salir de la situación en la que se encontraba.

他觉得自己根本无法摆脱目前的困境。

De este caos no fue posible sacar la paz ni el orden.

这场混乱无法带来和平与秩序。

Pero sabía que quedarse en la cama tampoco era una opción.

但他知道，待在床上也不是个办法。

Sacrificarlo todo era la opción más sensata.

牺牲一切是最明智的选择。

Se aferró a la más mínima esperanza de levantarse de la cama.

他仍然抱有一丝希望，希望能起床。

Si lo hubiera conseguido, todo riesgo habría valido la pena.

如果他成功了，那么所有的风险都将是值得的。

Pero al mismo tiempo también recordó algo más.

但与此同时，他也想起了另一件事。

"Mejores que decisiones desesperadas son reflexiones tranquilas."

冷静思考胜过仓促做决定。

Con todo su esfuerzo centró su mirada en la ventana.

他竭尽全力将目光集中在窗外。

Pero lo que vio le trajo poca confianza y alegría.

但他所看到的景象并没有给他带来多少信心和喜悦。

La niebla de la mañana cubría toda la estrecha calle.

晨雾笼罩着整条狭窄的街道。

El despertador volvió a sonar; ahora eran las siete.

闹钟又响了；现在是七点钟。

"Ya son las siete y todavía hay mucha niebla."

"现在已经七点了，雾还是这么大。"

Durante un rato permaneció en silencio, respirando débilmente.

他静静地躺了一会儿，呼吸微弱。

Quizás un poco de quietud traería algo de normalidad.

或许平静下来能带来一些正常感。

Un silencio absoluto podría provocar las condiciones reales.

完全的沉默可能会揭示出真实的情况。

Pero antes de que el reloj volviera a sonar, rompió el silencio.

但就在时钟再次敲响之前，他打破了沉默。

"Antes de que el reloj vuelva a sonar, debo levantarme de la cama."

"在时钟再次敲响之前，我必须起床。"

"Para entonces tengo que estar totalmente fuera de la cama."

"到那时我必须完全起床。"

"Después de las siete y cuarto la oficina enviará a alguien."

"七点一刻以后，办公室会派人过来。"

"Porque la oficina abrió antes de las siete."

因为办公室七点前就开门了。

Y ahora empezó a balancear su cuerpo fuera de la cama.

然后他开始摇晃身体，从床上滚了下来。

Había abandonado el centrarse en la parte superior o inferior de su cuerpo.

他已经不再专注于锻炼自己的上半身或下半身。

Todo el largo de su cuerpo tuvo que salir de la cama.

他的整个身体都离开了床面。

Caer de esa manera debería proteger su cabeza, pensó.

他心想，这样摔下去应该能保护头部。

Había planeado levantar la cabeza cuando cayera al suelo.

他原本计划在落地时抬起头。

La parte posterior de su cuerpo parecía lo suficientemente dura para el impacto.

他的背部肌肉似乎很硬，足以承受冲击。

Y la alfombra estaba allí para suavizar el aterrizaje.

地毯的作用是缓冲落地时的冲击力。

Sin embargo, su mayor preocupación era el fuerte ruido.

然而，他最担心的是巨大的噪音。

El ruido estrepitoso asustaría a todos en la casa.

那声巨响会吓到屋里的所有人。

Quizás no les daría miedo el ruido fuerte.

或许他们不会被巨大的噪音吓到。

Pero seguramente se preocuparían si oyeran eso.

但如果他们听到这个消息，肯定会感到担忧。

Pero había que correr el riesgo de llamar la atención.

但必须承担引起关注的风险。

El nuevo método era más un juego que un esfuerzo.

这种新方法与其说是一种努力，不如说更像是一场游戏。

Tuvo que balancear su cuerpo con movimientos bruscos y espasmódicos.

他不得不以突然而剧烈的动作摇晃身体。

Gregor ya estaba medio levantado de la cama.

格里高尔已经半个身子下了床。

Ahora se le ocurrió una idea nueva.

他突然想到一个新主意。

"Todo sería tan fácil si alguien viniera en mi ayuda."

"如果有人能帮我，一切都会变得简单得多。"

"Dos personas fuertes serían suficientes."

"两个身强力壮的人就完全足够了。"

Su padre y la criada serían lo suficientemente fuertes.

他的父亲和女佣应该足够强壮。

Sólo tendrían que deslizar los brazos bajo su espalda.

他们只需要把胳膊伸到他背下就行了。

Y luego pudieron sacarlo fácilmente de la cama.

然后他们就能轻易地把他从床上拖下来。

Quizás habrían tenido que bajarle el peso poco a poco.

或许他们得慢慢地帮他减轻体重。

Ojalá entonces las piernas hubieran encontrado su propósito.

希望到那时，这些腿就能找到它们的用途了。

¿No sería mejor después de todo pedir ayuda?

"难道寻求帮助不是更好吗？"

El problema, por supuesto, era que había cerrado las puertas.

问题当然在于他把门锁上了。

Había algo en ese pensamiento que le hacía cosquillas.

这个想法让他觉得有点痒痒的。

Y a pesar de sus dificultades, no pudo evitar esbozar una sonrisa.

尽管他身处困境，却还是忍不住露出笑容。

Ya estaba cerca de perder el equilibrio.

他当时已经快要失去平衡了。

Cada movimiento lo acercaba más a caerse de la cama.

每一次摇摆都让他离从床上摔下去更近一步。

Pronto tendría que tomar la decisión final.

他很快就要做出最终决定了。

En cinco minutos serían las siete y cuarto.

再过五分钟就七点一刻了。

Mientras pensaba estos pensamientos, sonó el timbre.

他正想着这些事情时，门铃响了。

"Es alguien de la oficina", se dijo.

"那是办公室里的人，"他自言自语道。

Y casi se quedó paralizado de miedo ante la visita.

访客的出现让他几乎吓得动弹不得。

Sus piernas bailaron aún más salvajemente que antes.

他的双腿比之前跳得更加剧烈了。

Pero luego, por un momento, todo quedó en silencio.

但随后，一切都安静了下来。

"No abrirán la puerta", se dijo Gregor.

"他们不会开门的，"格里高尔自言自语道。

Todavía estaba atrapado en una esperanza sin sentido.

他仍然抱有某种毫无意义的希望。

Pero luego, por supuesto, la criada se dirigió a la puerta.

当然，随后女佣就走到了门口。

Y como siempre, le abrió la puerta al visitante.

她像往常一样为访客打开了门。

A Gregor le bastó con oír el primer saludo del visitante.

格里高尔只需要听到访客的第一句问候。

Pudo saber inmediatamente quién había venido a buscarlo.

他一眼就认出是谁来救他的。

El propio jefe de oficina había venido a ver cómo estaba Samsa.

首席书记亲自前来查看萨姆萨的情况。

¿Por qué Gregor fue el único condenado a este destino?

为什么只有格里高尔遭受这种命运？

¿Por qué sólo él tuvo que servir en tal organización?

为什么只有他一个人要在这样的组织里任职？

El más mínimo descuido despertaba inmediatamente sospechas.

哪怕是最轻微的疏忽都会立即引起怀疑。

¿Todos los empleados que trabajaban allí eran unos sinvergüenzas?

那里的所有员工都是无赖吗？

¿No había entre ellos ninguna persona fiel y devota?

他们当中难道就没有一个忠诚专一的人吗？

¿No podrían haber enviado simplemente un aprendiz?

他们难道不能派个学徒过去吗？

¿Era realmente necesario todo este cuestionamiento?

这些问题真的有必要吗？

¿El representante autorizado tenía que venir personalmente?

授权代表必须亲自到场吗？

¿Había que informar a toda la familia inocente?

难道非得通知所有无辜的家庭成员吗？

Todas estas consideraciones impulsaron a Gregor a actuar.

所有这些因素促使格里高尔采取了行动。

Se levantó de la cama con todas sus fuerzas.

他用尽全力从床上跳了起来。

Se escuchó un fuerte estallido, pero no era realmente un ruido.

一声巨响，但那并不是真正的噪音。

La caída había sido ligeramente suavizada por la alfombra.

地毯稍微缓冲了摔落时的冲击力。

Su espalda era más elástica de lo que Gregor había pensado.

他的背部比格里高尔想象的更有弹性。

Así que el sonido era más apagado y no tan perceptible.

所以声音比较沉闷，不太容易被注意到。

Pero no había cuidado su cabeza durante la caída.

但他摔倒时没有保护好头部。

Y cuando golpeó el suelo también se golpeó la cabeza.

他摔倒在地时，头部也撞到了地面。

Se frotó la cabeza contra la alfombra con rabia y dolor.

他愤怒又痛苦地用头蹭着地毯。

Pero el gerente de la habitación de al lado escuchó el ruido.

但隔壁房间的经理听到了动静。

"Algo cayó allí", observó correctamente.

"有东西掉进去了，"他正确地指出。

Gregor intentó imaginarse al gerente en su situación.

格雷戈尔试着想象经理在他这种情况下会是什么感受。

"¿Podría pasarle lo mismo a él?" se preguntó.

"同样的事情会不会也发生在他身上呢？"他心想。

Aceptó que este extraño acontecimiento pudiera ser posible.

他接受了这种奇怪事件有可能发生的事实。

Y entonces el jefe de oficina dio unos pasos hacia la habitación.

然后，首席办事员朝房间走了几步。

Fue casi una respuesta burda a la pregunta que hizo.

这几乎是对所提问题的粗略回答。

Sus botas de cuero crujieron cuando se acercó a la puerta.

他走近门口时，皮靴发出吱嘎声。

Desde la habitación de su derecha su criada le susurró:

他右边房间里的女仆低声对他说着什么。

Gregor, el representante autorizado está aquí.

"授权代表格雷戈尔在这里。"

—Lo sé —dijo Gregor, pero sólo en voz baja, para sí mismo.

"我知道，"格里高尔低声自语道。

No se atrevió a levantar la voz por encima de un susurro.

他不敢提高音量，只能低声说话。

Porque Gregor no quería que su hermana lo oyera.

因为格里高尔不想让他的妹妹听到他的话。

—Gregor —dijo el padre desde la habitación de la izquierda.

"格雷戈尔，"左边房间里的父亲说道。

"El gerente ha venido a comprobar cuál es el problema".

"经理已经过来看看出了什么问题。"

"Él te preguntó por qué no saliste en el tren temprano."

他问你为什么不搭早班火车离开。

"No sabemos qué decirle", dijo el padre.

"我们不知道该对他说些什么，"父亲说道。

"Por cierto, también quiere hablar contigo personalmente."

"对了，他还想和你单独谈谈。"

"Por favor, abre la puerta para que pueda hablar contigo."

请开门，让他和你谈谈。

"Tendrá la amabilidad de disculpar el desorden en la habitación".

"他会好心原谅房间里的凌乱。"

"Buenos días, señor Samsa", le saludó el gerente.

"早上好，萨姆萨先生，"经理向他喊道。

Y ciertamente le habló de manera amistosa.

而且他确实以友好的方式与他交谈。

"No está bien", le dijo la madre al gerente.

"他身体不舒服，"母亲对经理说。

"No se encuentra bien en absoluto, créame, querido gerente."

"他身体很不好，相信我，亲爱的经理。"

¿Por qué si no, Gregor perdería el tren de la mañana?

"不然格里高尔为什么会错过早班火车呢？"

"El chico no tiene nada en la cabeza excepto el negocio."

"这孩子满脑子想的都是生意。"

"Casi me molesta que no haga nada más".

"他除了这个什么都不做，这让我几乎有点恼火。"

"Me gustaría que saliera por las noches a tomar aire fresco".

"我希望他晚上能出去呼吸一下新鲜空气。"

"Estuvo en la ciudad ocho días por negocios."

"他因公事在城里待了八天。"

"Pero él estaba en casa todas esas noches"

但那几个晚上他都在家。

"Se sienta en nuestra mesa y lee el periódico".

"他坐在我们桌旁看报纸。"

"En otras ocasiones, estudia los horarios de los trenes."

"其他时候，他会研究列车时刻表。"

"A veces se mantiene ocupado con la carpintería".

"他有时也会做些木工活来打发时间。"

"Por ejemplo, talló un pequeño marco de madera para cuadros".

"例如，他雕刻了一个小木相框。"

"Estuvo ocupado con la sierra durante dos o tres tardes".

"他连续两三个晚上都在忙着锯木头。"

"Te sorprenderá lo bonito que es el marco de fotos".

"你会惊叹于这个相框的精美程度。"

"Ha colgado el marco de fotos en su habitación."

他把相框挂在了房间里。

"Cuando abra la puerta veréis su carpintería."

"他打开门后，你就会看到他的木工手艺。"

"Por cierto, me alegro de que esté aquí, señor Prokurist".

"顺便说一句，我很高兴您能来，普罗库里斯特先生。"

"Solos no habríamos podido lograr que Gregor abriera la puerta."

"仅凭我们自身的力量，不可能让格里高尔打开门。"

"Es muy terco", le confesó su madre al empleado.

"他真是太固执了，"他母亲向店员坦白道。

"Ciertamente está enfermo, aunque antes lo negó".

"他确实身体不舒服，尽管他之前否认过。"

"Estaré allí enseguida", dijo Gregor lentamente y con cuidado.

"我马上就来，"格里高尔缓慢而谨慎地说。

Pero no hizo ningún movimiento hacia la puerta de la habitación.

但他并没有朝房间门口走去。

No quería perderse ni una palabra de la conversación.

他不想漏掉谈话中的一个字。

El secretario jefe estuvo de acuerdo con la evaluación de la madre.

首席书记员同意母亲的评估。

-Tampoco puedo explicarlo de otra manera, señora.

"我也没办法用其他方式解释，夫人。"

"Esperemos que no tenga ninguna enfermedad grave", dijo.

"让我们都希望他没有患上重病，"他说。

"Por otro lado, es un peligro en nuestra industria".

"另一方面，这对我们行业来说是一个隐患。"

"Nosotros, los empresarios, a menudo tenemos que superar el malestar."

"我们做生意的人常常需要克服不适感。"

"Los profesionales simplemente tienen que aguantar los dolores leves".

"专业人士只需要忍受一些小痛苦。"

Mientras tanto su padre volvió a llamar a la otra puerta.

与此同时，他父亲又敲响了另一扇门。

"¿Puede entrar ahora el jefe de oficina?" quiso saber.

"总书记现在可以进来吗？"他问道。

"No, no puede", respondió Gregor a la pregunta de su padre.

"不，他不能，"格里高尔回答他父亲的问题。

Un silencio incómodo cayó en la habitación de la izquierda.

左侧房间里陷入了尴尬的沉默。

En la habitación de la derecha la hermana comenzó a sollozar.

右边的房间里，妹妹开始啜泣。

¿Por qué la hermana no se había ido a estar con los demás?

为什么姐姐没有和其他人一起去？

Probablemente acababa de levantarse de la cama, pensó.

他心想，她大概刚起床吧。

Es posible que ni siquiera haya empezado a vestirse todavía.

她可能还没开始穿衣服呢。

Pero Gregor no podía entender por qué ella lloraba.

但格里高尔不明白她为什么哭泣。

¿Fue porque no se levantó y dejó entrar al gerente?

是因为他没有起身让经理进来吗？

¿Fue porque estaba en peligro de perder su trabajo?

是因为他面临失业的危险吗？

¿Podría el jefe venir a buscar a los padres como antes?

老板会不会像以前那样找家长麻烦？

¿Iba a volver a hacerles las mismas exigencias de siempre?

他是不是又要像以前那样对他们提出要求了？

Estas cosas probablemente no hacían que hubiera que preocuparse.

这些事情或许根本不必担心。

Por el momento no tenía motivos para llorar.

她目前没有任何理由哭泣。

Gregor todavía estaba allí, manteniendo a la familia.

格雷戈尔还留在家里，养家糊口。

Y nunca tuvo intención de abandonar a la familia.

他从未想过要离开这个家。

Por el momento, simplemente permaneció tendido sobre la alfombra.

他暂时就那样躺在地毯上。

La familia desconocía la condición en la que se encontraba.

家人并不知道他的病情。

Si lo hubieran sabido no habrían animado a su jefe.

如果他们知道真相，就不会鼓励他的老板了。

Ni siquiera habrían dejado entrar al gerente a la casa.

他们甚至都不让经理进屋。

No habría sido particularmente grosero rechazarlo.

拒绝他并不算是特别失礼。

Fácilmente podría haber encontrado una excusa adecuada más tarde.

他之后很容易就能找到合适的借口。

No era algo por lo que lo hubieran podido despedir.

他不应该因此被解雇。

Gregor pensó que ahora sería más sensato que lo dejaran solo.

格里高尔觉得现在独自一人待着更明智。

Molestarlo con llantos y conversaciones no sirvió de mucho.

哭闹和说话打扰他并没有什么效果。

Pero fue la incertidumbre lo que molestó a los demás.

但真正困扰其他人的是这种不确定性。

Y fue esta incertidumbre la que justificó su comportamiento.

正是这种不确定性为他们的行为提供了借口。

—¡Señor Samsa! —gritó el gerente en voz alta.

"萨姆萨先生！"经理提高嗓门喊道。

"¿Qué te pasa?" quiso saber.

"你怎么了？"他想知道。

"Te has atrincherado en tu habitación."

"你把自己反锁在房间里了。"

"Solo puedes responder con un 'sí' o un 'no'."

你只能回答"是"或"否"。

"Estás causando serias preocupaciones a tus padres."

你让父母非常担心。

"No veo ninguna buena razón para preocuparlos".

"我看不出你有什么理由让他们担心。"

"Hay otra cosa más que mencionaré de paso."

"还有一件事我想顺便提一下。"

"También estás descuidando tus obligaciones comerciales hacia nosotros".

"你们也疏忽了对本公司应尽的业务义务。"

"Esa irresponsabilidad está totalmente fuera de tu carácter".

"这种不负责任的行为完全不像你的性格。"

"Hablo aquí en nombre de tus padres y de tu jefe".

"我代表你的父母和你的老板发言。"

"Y os pido una explicación inmediata y clara."

"我要求你立即给出明确的解释。"

"Todo esto realmente me sorprende, debo decir".

"说实话，整件事真的让我感到惊讶。"

"Pensé que te conocía como una persona tranquila y razonable."

"我以为我认识的你是一个冷静理智的人。"

"Pero ahora nos estás mostrando un lado diferente de ti".

"但现在你展现了你截然不同的一面。"

"De repente estás mostrando tus caprichos tan peculiares."

"你突然表现出你那些非常古怪的怪癖。"

"Pero podría haber una explicación para tu fracaso".

"但你的失败或许有其原因。"

"El jefe mencionó una deuda que usted había cobrado para nosotros."

"老板提到了你之前帮我们收回的一笔债务。"

"Le di al jefe mi palabra de honor en tu nombre".

"我以你的名义向老板保证。"

"Pero ahora veo tu incomprensible terquedad."

"但我现在明白了你那令人费解的固执。"

"Aún podría perder todo mi deseo de ayudarte."

"我可能最终会完全失去帮助你的意愿。"

"Su seguridad laboral no es en absoluto totalmente estable".

"你的工作保障远非完全稳定。"

"Originalmente tenía la intención de contarte todo esto en privado".

我原本打算私下告诉你这一切。

"Pero ahora veo que quieres que pierda mi tiempo aquí".

"但我现在明白了，你是想让我在这里浪费时间。"

"Así que no veo ninguna razón por la que tus padres no deberían saberlo."

"所以我看不出你父母有什么理由不应该知道。"

"Su desempeño reciente no ha sido satisfactorio."

"你最近的表现并不令人满意。"

"Reconozco que las ventas son más lentas en esta época del año".

"我承认每年的这个时候销售额都会下降。"

"Pero no hay época del año en que no haya ventas".

"但一年中任何时候都没有不销售的时候。"

Por un momento Gregor olvidó todo lo que le rodeaba.

格里高尔一时忘记了周围的一切。

—¡Pero señor Prokurist! —gritó Gregor desesperado.

"可是普罗库里斯特先生，"格里高尔绝望地喊道。

"Abriré la puerta enseguida, ahora mismo, no te preocupes."

"我马上就去开门，别担心。"

"El problema es que me he estado sintiendo bastante mal."

"问题是我一直感觉身体很不舒服。"

"Mi mareo me impidió llegar a la puerta."

"我头晕目眩，没能走到门口。"

"Todavía estoy en cama, pero me siento mucho mejor."

"我还在床上躺着，但感觉好多了。"

"Un momento por favor, me estoy levantando de la cama."

"请稍等片刻，我刚起床。"

"Un momento de paciencia es todo lo que pido, señor Prokurist."

"我只请求您稍等片刻，普罗库里斯特先生。"

"No va tan bien como pensaba, pero estaré bien".

"情况没有我想象的那么顺利，但我会没事的。"

"¿Cómo puede sucederle algo así a una persona tan rápidamente?"

"这种事怎么会这么快就发生在一个人身上呢？"

"Me sentí bien anoche, mis padres lo saben."

"我昨晚感觉很好，我父母知道。"

"Pero quizá ya tuve una pequeña premonición entonces."

“但也许那时我已经有了些许预感。”

"Quizás te preguntes por qué no lo reporté en la oficina".

“你可能会问我为什么没有向办公室报告这件事。”

"Pensé que me sentiría mucho mejor por la mañana".

“我以为早上起来就会感觉好多了。”

"Uno siempre piensa que para entonces ya habrá superado la enfermedad."

“人们总是觉得到那时他们就能战胜疾病了。”

"¡Pero por favor! ¡Libera a mis padres de estas acusaciones!"

“但是求求你们！放过我的父母吧！”

"No me han dicho ni una palabra de lo que me contaste."

“你跟我说的话，我一个字都没听到。”

"Puede que no hayas leído las últimas órdenes que envié".

“你可能没有阅读我最后发出的指令。”

"Por cierto, no tienes que preocuparte por mí hoy."

“对了，你今天不用担心我。”

"Aun así voy a tomar el tren de las ocho."

“我还是会搭乘八点钟的火车。”

"Las pocas horas de descanso me han fortalecido bastante".

“这几个小时的休息已经让我恢复了体力。”

"Realmente no hay necesidad de esperar, gerente."

“经理，您真的不必等了。”

"Yo también estaré en la oficina muy pronto."

“我也很快会到办公室来。”

"Y por favor, ten la amabilidad de decirme algo bueno".

“请您务必帮我说几句好话。”

Gregor había pronunciado su explicación con bastante precipitación.

格里高尔很匆忙地解释了一番。

Apenas sabía lo que realmente estaba tratando de decir.

他几乎不知道自己到底想表达什么。

Se acercó a la caja y trató de usarla para ponerse de pie.

他走到箱子跟前，试图借力站起来。

Realmente tenía toda la intención de abrir la puerta.

他原本确实打算开门的。

Quería ser visto por el representante autorizado.

他想见授权代表。

Y quería resolver el problema con él personalmente.

他想亲自和他一起解决这个问题。

Estaba ansioso por saber cómo reaccionarían los demás ante él.

他很想知道其他人会如何看待他。

Ya deben estar ansiosos por ver cómo está.

他们现在肯定也很想知道他的情况如何。

Había dos formas posibles en las que podían reaccionar ante él.

他们可能会对他有两种反应。

Una posibilidad era que estuvieran asustados.

一种可能性是他们会感到害怕。

Si estaban asustados entonces él no tenía ninguna responsabilidad.

如果他们感到害怕，那他就没有责任。

Y entonces no tendría que preocuparse por la situación.

这样他就不用担心这种情况了。

Pero también había otra posibilidad en la que pensar.

但还有另一种可能性需要考虑。

Quizás aceptarían con calma su forma de ser.

或许他们会平静地接受他本来的样子。

Entonces Gregor tampoco tendría motivos para enojarse.

这样一来，格里高尔也就没有理由生气了。

Todavía habría tiempo suficiente para coger el tren.

时间还来得及赶上火车。

Sin embargo, mantenerse en pie no fue una tarea fácil.

然而，保持站立绝非易事。

En sus primeros intentos se resbaló de la caja.

最初几次尝试，他都从箱子上滑了下来。

La caja era demasiado lisa para que él pudiera apoyarse contra ella.

箱子表面太光滑了，他根本无法靠着它站立。

Y finalmente se dio un último empujón para ponerse de pie.

最后，他使出最后一力，站了起来。

Ya no le prestó más atención al dolor en su abdomen.

他不再理会腹部的疼痛。

No importaba cuánto dolor sintiera, él lo superaría.

无论多么痛苦，他都能挺过去。

Se dejó caer contra el respaldo de una silla cercana.

他任由自己倒在附近一把椅子的椅背上。

Y se agarró a los bordes con sus pequeñas piernas.

他用小腿抓住了边缘。

En ese momento ya tenía más control de sí mismo.

此时他已经更好地控制了自己的情绪。

Y su caída fue más silenciosa que la anterior.

他的倒台比前一次更加悄无声息。

Porque tenía que escuchar lo que decía el gerente.

因为他必须听经理的话。

¿Entendieron algo de eso?, preguntó a los padres.

“你们听懂了吗？”他问这对父母。

"No se burlaría de nosotros, ¿verdad?"

他不会愚弄我们吧？

—¡Por Dios! —gritó la madre, ya llorando.

“看在上帝的份上！”母亲哭着喊道。

"Puede que esté gravemente enfermo y lo estamos atormentando".

“他可能身患重病，而我们却在折磨他。”

"¡Grete! ¡Grete!", le gritó a la hija.

“格蕾特！格蕾特！”她对着女儿大喊。

"¿Mamá?" llamó la hermana desde el otro lado.

“妈妈？”妹妹从另一边喊道。

Luego se comunicaron a través de la habitación de Gregor.

然后他们通过格里高尔的房间进行交流。

Gregor está muy enfermo y necesita medicamentos.

“格雷戈尔病得很重，他需要吃药。”

"Tendrás que ir al médico inmediatamente."

你必须立刻去看医生。

¿Escuchaste cómo habló Gregor hace un momento?

你刚才听到格里高尔说话的方式了吗？

"Esa era la voz de un animal", dijo el gerente.

“那是动物的声音，”经理说。

Sus palabras eran silenciosas comparadas con los gritos de la madre.

与母亲的尖叫声相比，他的话语显得轻柔。

—¡Anna! ¡Anna! —llamó el padre desde la antesala.

“安娜！安娜！”父亲从前厅喊道。

Y aplaudió para llamar su atención.

他拍手吸引他们的注意力。

"¡Llama a un cerrajero inmediatamente!" le ordenó a la criada.

“立刻找个锁匠来！”他命令女佣。

Las muchachas, con sus faldas, corrían por la antesala.

女孩们穿着裙子，跑过前厅。

Y sus faldas crujieron mientras corrían frente a su habitación.

她们跑过他的房间时，裙摆沙沙作响。

"¿Cómo se vistió la hermana tan rápido?" pensó.

他心想："妹妹怎么穿得这么快？"

La puerta se abrió de golpe, pero no se cerró de golpe.

门被硬生生地扯开了，但并没有砰地一声关上。

Esto es común en los hogares donde ocurre una gran desgracia.

这种情况在遭遇重大不幸的家庭中很常见。

Pero todo esto había hecho que Gregor se volviera mucho más tranquilo.

但这一切让格里高尔平静了许多。

Cuando escuchó sus propias palabras le parecieron claras.

当他听到自己说过的话时，他觉得那些话很清晰。

De hecho, sintió que sus palabras habían sido más claras.

事实上，他觉得自己的话表达得更清楚了。

Pero los demás ya no entendían lo que decía.

但其他人已经听不懂他在说什么了。

Quizás ya se había acostumbrado a sus oídos.

或许他现在已经习惯了自己的耳朵。

Pero al menos ahora entendían mejor su situación.

但至少他们现在更了解他的处境了。

Se dieron cuenta de que realmente había algo mal con él.

他们意识到他确实有些不对劲。

Y ahora estaban haciendo todo lo que podían para ayudarlo.

他们现在正竭尽所能地帮助他。

Esto le dio a Gregor una sensación de confianza que le faltaba.

这让格里高尔感到了一种他一直缺乏的自信。

Y se sintió nuevamente mucho más seguro en la familia.

他再次感到在家里更有安全感了。

Se sintió incluido nuevamente en el círculo humano.

他感觉自己再次融入了人类社会。

Ahora tenía que esperar que el cerrajero pudiera abrir la puerta.

现在他只能寄希望于锁匠能打开这扇门了。

Y esperaba que el médico pudiera realizar tales tareas.

他希望医生能够完成这些任务。

Pronto tendría que hablar más.

他很快又要开始讲话了。

Su voz tendría que ser lo más clara posible.

他的声音必须尽可能清晰。

Para prepararse para la reunión se aclaró la garganta.

为了准备会议，他清了清嗓子。

Sin embargo, hizo todo lo posible para toser muy silenciosamente.

然而，他尽力将咳嗽声调得很轻。

El ruido podría haber sonado diferente a una tos humana.

这种声音听起来可能与人类的咳嗽声不同。

Sabía que ya no podía diferenciar esas cosas.

他知道自己已经无法区分这些事情了。

En la habitación contigua reinaba un silencio absoluto.

隔壁房间一片寂静。

Los padres probablemente estaban sentados a la mesa.

父母当时可能正坐在桌旁。

Quizás estaban susurrando con el gerente.

他们可能在和经理窃窃私语。

Quizás todos estaban apoyados en la puerta y escuchando.

也许大家都倚在门边偷听。

Gregor empujó lentamente la silla hacia la puerta.

格里高尔慢慢地把椅子推向门口。

Empujó la puerta y se mantuvo en pie.

他用力推开门，保持身体直立。

Se enteró de que las almohadillas de sus pies tenían un poco de pegamento.

他发现自己的脚掌上有一点胶水。

Y descansó allí un momento del esfuerzo.

他因劳累而稍作休息。

Después de descansar lo suficiente, comenzó con la siguiente tarea.

休息足够后，他开始着手下一个任务。

Empezó a girar la llave en la cerradura con la boca.

他开始用嘴转动锁里的钥匙。

Desafortunadamente, parecía que no tenía dientes reales.

不幸的是，他似乎根本没有牙齿。

¿Pero qué otra forma tenía de conseguir las llaves?

但他还有其他办法拿到钥匙吗？

Afortunadamente para él, sus mandíbulas eran, por supuesto, muy fuertes.

幸运的是，他的下颚当然非常强壮。

Con la ayuda de sus mandíbulas realmente consiguió mover la llave.

他用下颚把钥匙弄动了。

No tenía ninguna duda de que él también se estaba haciendo daño.

他毫不怀疑自己也在伤害自己。

Porque de su boca salía un líquido marrón.

因为有棕色的液体从他嘴里流出来。

El líquido marrón fluyó sobre la llave y por la puerta.

棕色的液体顺着钥匙流到门上。

Pero a Gregorio no le importaba hacerse daño a sí mismo.

但格里高尔并不在意自己正在伤害自己。

"¿Puedes oír eso?" dijo el gerente en la habitación de al lado.

“你能听到吗？”隔壁房间的经理问道。

"Está girando la llave", había notado el gerente.

“他正在转动钥匙，”经理注意到。

Estas palabras fueron un gran estímulo para Gregor.

这些话对格雷戈尔来说是莫大的鼓励。

Pero el padre y la madre también deberían haber gritado:

但父母也应该大声喊出来：

«¡Bien, Gregor!», deberían haberle gritado.

他们本该对他喊：“好，格里高尔！”

"Sigue adelante, sigue girando esa llave, puedes lograrlo".

“继续，继续转动钥匙，你能行的。”

Pero Gregor tuvo que imaginarse su emoción.

但格里高尔只能想象他们的兴奋之情。

Apretó las mandíbulas con toda la fuerza que tenía.

他用尽全力咬紧牙关。

Y continuó girando la llave en la cerradura.

他继续转动钥匙，试图拧动锁芯。

Dolorosamente su cuerpo se retorció en un círculo.

他的身体痛苦地扭动着，绕着圆圈转了一圈。

Ahora se mantenía erguido únicamente con la boca.

他现在只能靠嘴巴支撑着身体。

Para seguir girando la llave presionó contra la puerta.

他用力抵住门，继续转动钥匙。

Finalmente el chasquido de la cerradura despertó de nuevo a Gregor.

最后，锁扣的咔哒声再次惊醒了格里高尔。

"Así que no necesité al cerrajero", suspiró aliviado.

"所以我不需要锁匠了，"他如释重负地叹了口气。

Ahora sólo faltaba abrir la puerta que había desbloqueado.

现在他只需要打开那扇他已经解锁的门。

Y con la cabeza en el pomo abrió la puerta.

他头抵着门把手，打开了门。

Estaba detrás de la puerta que daba a su habitación.

他站在门后，那扇门通向他的房间。

Así que la puerta ya estaba abierta antes de que pudiera ser visto.

所以在他被看到之前，门就已经开了。

A continuación tuvo que maniobrar para rodear la puerta.

接下来，他必须绕过这扇门。

Este difícil movimiento también requirió mucho esfuerzo.

这次艰难的行动也需要付出很多努力。

No quería caer torpemente en la habitación contigua.

他不想笨拙地跌进隔壁房间。

Así que no tuvo tiempo de prestar atención a nada más.

所以他根本没时间关注其他事情。

Pero entonces oyó al jefe de oficina exclamar en voz alta: "¡Oh!".

但随后他听到总职员大声喊了一声"哦！"

Sonaba como si el viento corriera a través de la casa.

听起来像是风在屋里呼啸而过。

Resultó que él era el que estaba más cerca de la puerta.

他碰巧是离门口最近的人。

Y al verlo, se llevó la mano a la boca.

看到他，他连忙用手捂住嘴。

Se movió lentamente hacia atrás, alejándose de Gregor.

他慢慢地向后退去，远离格里高尔。

Pero era como si una fuerza invisible actuara sobre él.

但感觉就像有一股无形的力量在作用于他。

Lo primero que hizo la madre fue mirar al padre.

母亲做的第一件事就是看向父亲。

A pesar de la presencia del gerente, su cabello estaba despeinado.

尽管经理在场，她的头发却很凌乱。

Desplegó los brazos y dio dos pasos hacia adelante.

她放下抱在胸前的双臂，向前走了两步。

Pero entonces se desplomó en medio de su falda.

但随后她突然倒在了裙摆下。

Su vestido se extendió a su alrededor en el suelo.

她的裙子散落在地板上，将她整个人都包裹住了。

Y su cabeza desapareció sobre sus propios pechos.

她的头低垂下来，埋进了自己的胸前。

El padre apretó el puño con expresión hostil.

父亲紧握拳头，表情充满敌意。

Parecía querer que Gregor fuera empujado de nuevo a su habitación.

他似乎想把格里高尔赶回房间。

Luego miró con incertidumbre alrededor de la sala de estar.

然后，他茫然地环顾了一下客厅。

Y finalmente se cubrió los ojos entre las manos.

最后，他用双手捂住了双眼。

Y lloró amargamente hasta que su poderoso pecho se estremeció.

他痛哭流涕，直到他那魁梧的胸膛都颤抖起来。

Gregor en realidad no entró en su habitación.

格里高尔实际上根本没有进过他们的房间。

En lugar de eso, se apoyó contra el marco de la puerta.

他没有坐下，而是靠在了门框上。

Para los que estaban desde fuera solo era visible la mitad de su cuerpo.

从外面的人只能看到他半个身体。

Y encima de su cuerpo estaba su cabeza, inclinada hacia un lado.

他的头颅歪向一边，悬在他身体的上方。

Para entonces la luz se había vuelto mucho más brillante que antes.

此时光线比之前明亮得多。

Ahora se podía ver claramente el otro lado de la calle.

现在可以清楚地看到街对面了。

Apareció una sección del interminable y gris hospital.

眼前展现出一片无边无际、灰蒙蒙的医院景象。

La lluvia de la mañana aún no había parado del todo de caer.

早晨的雨还没有完全停。

Pero ahora las gotas de lluvia eran más grandes y estaban más separadas.

但现在雨滴更大了，间距也更远了。

Los platos del desayuno estaban en abundancia en la mesa.

餐桌上摆满了丰盛的早餐菜肴。

El padre pensaba que el desayuno era la comida más importante.

父亲认为早餐是最重要的一餐。

El desayuno era una comida que se prolongaba durante horas.

他总是把早餐拖上好几个小时。

Y en esas horas leía los distintos periódicos.

在这些时间里，他会阅读各种报纸。

Justo en la pared opuesta colgaba una fotografía de Gregor.

对面墙上挂着格里高尔的照片。

La fotografía en la pared lo mostraba como teniente.

墙上的照片显示他是一名中尉。

Era una fotografía de su época en el ejército.

那是他服役期间拍的照片。

Su mano estaba sobre su espada y tenía una sonrisa despreocupada.

他手放在剑柄上，脸上带着无忧无虑的笑容。

Su postura y su uniforme exigían cierto respeto.

他的姿态和制服都给人一种肃然起敬的感觉。

La otra puerta que conducía a la antesala también estaba abierta.

通往前厅的另一扇门也开着。

Y la puerta del apartamento todavía estaba abierta también.

公寓的门也还开着。

Se podía ver hasta el patio delantero del apartamento.

从远处可以一直看到公寓的前院。

Y luego las escaleras conducían a la calle de abajo.

然后，楼梯通向下面的街道。

Gregor fue el único que mantuvo la compostura.

只有格里高尔保持了镇定。

Él vio esto, por lo que la conversación era su responsabilidad.

他看到了这一点，所以这次谈话是他的责任。

"Bueno, ahora me voy a vestir para ir a trabajar", dijo.

"好了，我现在要去穿衣服上班了。"他说。

"Después de haber empaquetado las muestras textiles, me iré."

"我打包好纺织品样品后就会离开。"

"¿Aún tiene intención de dispararme, señor Prokurist?"

"普罗库里斯特先生，您还打算解雇我吗？"

"Como puedes ver, no soy tan terco como pensabas."

"如你所见，我并没有你想象的那么固执。"

"Y puedes ver que después de todo me gusta trabajar".

"你可以看出我其实很喜欢工作。"

"Puedo admitir que viajar por trabajo no es fácil".

"我承认，出差并不轻松。"

"Pero también puedo aceptar que es parte de mi trabajo".

"但我也可以接受这是我工作的一部分。"

"Gerente, ¿adónde va? ¿De vuelta a la oficina?"

"经理，你要去哪儿？回办公室吗？"

"¿Informarás verazmente de todo lo que has visto?"

"你会如实汇报你所看到的一切吗？"

"A veces sucede que uno no puede ir a trabajar."

"有时候会发生无法上班的情况。"

"Este es el momento adecuado para recordar los logros pasados".

"现在正是回顾过去成就的好时机。"

"Después de eliminar la dificultad, uno trabaja aún mejor."

"排除了困难之后，效果反而更好了。"

"Mi diligencia y concentración aumentarán".

"我将更加勤奋专注。"

"Sabes muy bien que estoy en deuda con el jefe."

"你很清楚我欠老板一个人情。"

"Pero también estoy preocupada por mis padres y mi hermana".

"但我也很担心我的父母和妹妹。"

"Estoy en una situación difícil, pero encontraré la manera de salir de ella".

"我处境艰难，但我会想办法摆脱困境。"

"No hagas esto más difícil de lo que ya es."

"别让事情变得更难。"

"Como compañeros de trabajo también tenemos que ayudarnos unos a otros".

"作为同事，我们也必须互相帮助。"

"Sé que a los trabajadores de oficina no les gustan los viajeros".

我知道上班族不喜欢旅行者。

"¿Crees que ganamos una fortuna y llevamos una buena vida?"

"你以为我们赚了很多钱，过着好日子吗？"

"No tienen ningún motivo real para considerar sus prejuicios".

"他们没有真正的理由去反思自己的偏见。"

"Pero usted, oficial autorizado, tiene un papel diferente."

"但是，作为授权官员，你的职责不同。"

"Tienes una mejor visión general que el resto del personal".

"你比其他员工更了解全局。"

"De hecho, creo que probablemente tengas la mejor visión general".

"事实上，我认为你可能对情况了解得最清楚。"

"Tienes una visión mejor que el propio jefe".

"你比老板本人更了解全局。"

"Admito que el jefe hace el trabajo empresarial".

"我承认老板确实做了创业方面的工作。"

"Pero es fácil que sus juicios sean erróneos."

但他的判断很容易被误导。

"Y estos pequeños errores de juicio pueden ser en nuestro detrimento".

"而这些小小的判断失误可能会给我们带来损失。"

"Ya sabes lo fácil que es hablar del viajero."

"你知道谈论旅行者是多么容易。"

"Él no está allí para defender su reputación de los chismes".

"他到那里不是为了捍卫自己的名誉，抵御流言蜚语。"

"Esas acusaciones pueden fácilmente ser meras coincidencias".

"这些指控很可能只是巧合。"

"Muchas quejas ni siquiera tienen su base en ninguna verdad."

"很多抱怨根本没有任何事实依据。"

"Está fuera de la oficina casi todo el año."

"他几乎全年都不在办公室。"

¿Qué posibilidades tiene de defender su propia reputación?

他有什么机会捍卫自己的名誉？

"Ni siquiera se entera de las acusaciones".

"他甚至都没机会听到这些指控。"

"Se entera de lo que se ha dicho cuando ya es demasiado tarde."

"他发现别人说了什么的时候，已经太晚了。"

A estas alturas ya está exhausto por el viaje del día.

"到那时，他已经因为一天的旅途劳顿而筋疲力尽了。"

"De todos modos, tendrá que experimentar las terribles consecuencias".

"反正他都要承受可怕的后果。"

"Aunque no tiene forma de entender el problema."

"即便他根本无法理解这个问题。"

"Oh, gerente, no se vaya sin decirme una palabra".

"经理，走之前至少跟我打个招呼。"

"Al menos dime que estás de acuerdo conmigo en parte."

"至少告诉我你部分同意我的观点。"

Pero el manager se había alejado de Gregor mucho antes.

但经理很早就对格雷戈尔失去了兴趣。

Su hombro se contrajo cuando volvió a mirar a Gregor.

他回头看向格里高尔时，肩膀抽搐了一下。

Y no se quedó quieto ni un solo momento durante su discurso.

演讲过程中，他一刻也没有停下来。

Él había mirado a Gregor con los labios fruncidos.

他抿着嘴唇回头看了格里高尔一眼。

Se había ido retirando gradualmente hacia la puerta.

他一直慢慢地向门口退去。

Pero tampoco podía apartar la mirada de Gregor.

但他也无法将目光从格里高尔身上移开。

Sintió como si hubiera una prohibición secreta de salir de la habitación.

他感觉房间里似乎有一条不成文的禁令，不允许他离开。

Pero a estas alturas ya estaba en el vestíbulo de entrada.

但此时他已经进入了门厅。

Y ahora hizo un movimiento repentino hacia la salida.

然后他突然朝出口走去。

Extendió su mano derecha hacia las escaleras.

他伸出右手，指向楼梯。

Quizás una fuerza sobrenatural estaba esperando para salvarlo.

或许有一股超自然力量在等着拯救他。

Gregor sabía que no podía permitir que se fuera así.

格里高尔知道他不能就这样让他离开。

El gerente no debe regresar con el mismo humor en el que estaba.

经理绝不能带着他之前的坏心情回来。

La seguridad del trabajo de Gregor estaba en grave peligro.

格雷戈尔的工作岌岌可危。

Los padres no podían comprender plenamente todo esto.

父母无法完全理解这一切。

Con los años se habían acostumbrado a su seguridad laboral.

多年来，他们已经习惯了他稳定的工作。

Y se convencieron de que tenía el trabajo de por vida.

他们确信他将终身担任这份工作。

En lugar de eso, se habían ocupado de otras preocupaciones.

相反，他们却忙于其他更多的烦心事。

Pero estas preocupaciones les hicieron perder toda previsión.

但这些担忧使他们失去了所有远见。

Gregor, sin embargo, no había perdido la previsión paterna.

然而，格雷戈尔并没有失去父母的远见卓识。

Alguien tenía que detener al representante autorizado.

必须有人阻止这位授权代表。

Iba a tener que calmarlo y convencerlo.

他得安抚他，说服他。

¡El futuro de Gregor y su familia dependía de ello!

格里高尔和他家人的未来就取决于此了！

Ojalá la inteligente hermana hubiera estado allí para ayudar.

如果聪明的姐姐当时在场就好了，那样就能帮上忙了。

Ella ya había llorado cuando Gregor todavía estaba en su habitación.

当格里高尔还在房间里的时候，她就已经哭了。

En ese momento él simplemente yacía tranquilamente boca arriba.

当时他只是静静地仰面躺着。

Ella ya sabía entonces la importancia de la situación.

她当时已经意识到事态的重要性。

El gerente tenía una debilidad bien conocida por las mujeres.

这位经理对女性有特殊的偏爱，这是众所周知的。

Ella fácilmente podría haberlo persuadido para que se quedara más tiempo.

她本来很容易就能说服他多待几天。

Ella habría cerrado la puerta y lo habría guiado adentro.

她本可以关上门，然后领他进去。

Pero desafortunadamente la hermana había ido a buscar un médico.

但不幸的是，姐姐去找医生了。

Así que Gregor no tuvo más remedio que hacerlo él mismo.

因此，格里高尔别无选择，只能亲自去做。

No había considerado cuáles eran realmente sus habilidades.

他之前并没有认真考虑过自己的能力究竟如何。

Y se había olvidado de desconfiar de su capacidad de hablar.

他竟然忘记了要怀疑自己的说话能力。

Pero aún así, abandonó la seguridad de su habitación.

尽管如此，他还是离开了自己安全的房间。

Y se abrió paso a través de la abertura de la habitación.

他奋力挤过房间的开口。

El gerente ya estaba bajando las escaleras.

经理已经走下楼梯了。

Pero él se agarraba a la barandilla con ambas manos.

但他双手紧紧抓住栏杆。

Gregor se cayó mientras intentaba atravesar la puerta.

格里高尔推开门时摔倒了。

Dejó escapar un pequeño grito mientras trataba de agarrar algo para apoyarse.

他抓住什么东西支撑住身体时，发出了一声短促的尖叫。

Pero en lugar de pánico, sintió un bienestar físico.

但他并没有惊慌，反而感到身体很舒服。

Por primera vez esa mañana algo se sintió bien.

那天早上，我第一次感觉一切都对了。

Todas sus piernas ahora tenían tierra sólida debajo de ellas.

他的双腿现在都稳稳地踩在了坚实的地面上。

Se sorprendió de lo bien que podía controlar sus piernas.

他惊讶于自己竟然能如此很好地控制双腿。

Se alegró de notar que sus piernas le obedecían completamente.

他很高兴地发现自己的双腿完全听从了他的指挥。

De hecho, sus piernas lo llevaban a donde quería.

事实上，他可以凭借双腿去任何他想去的地方。

Pronto todas sus penas estaban destinadas a llegar a su fin.

他的所有悲伤终将结束。

Pero en ese mismo momento su propia madre saltó.

但就在同一时刻，他的母亲也跳了起来。

Sus brazos estaban extendidos y sus dedos separados.

她双臂伸展，手指张开。

Y ella gritó: "¡Socorro! ¡Por el amor de Dios, que alguien ayude!"

她喊道："救命啊，看在上帝的份上，谁来救救我！"

Ella inclinó la cabeza; quería ver mejor a Gregor.

她歪着头，想看得更清楚些。

Pero en contraposición a la primera acción, ella corrió hacia atrás.

但与第一个举动形成鲜明对比的是，她跑了回去。

Se había olvidado que la mesa estaba puesta detrás de ella.

她忘记了身后的餐桌已经摆好了。

Todos los elementos para el desayuno todavía estaban en la mesa.

早餐的食材都还摆在桌上。

Se sentó apresuradamente en la mesa, como distraída.

她慌忙地坐在桌子上，好像心不在焉。

Y ella no pareció darse cuenta del café derramado.

她似乎没有注意到洒出来的咖啡。

El café que ahora estaba empapando la alfombra.

咖啡已经浸透了地毯。

—Mamá, madre —dijo Gregor suavemente, mirándola.

"妈妈，妈妈，"格里高尔轻声说道，抬头望着她。

Por el momento el manager no era importante para él.

眼下，经理对他来说并不重要。

Pero también estaba el café goteando sobre la alfombra.

但还有咖啡滴到地毯上的情况。

Gregor no pudo resistirse a chasquear las mandíbulas al tomar el café.

格雷戈尔忍不住对着咖啡张了张嘴。

La madre comenzó a llorar nuevamente por su comportamiento.

他的行为让母亲再次哭了起来。

Ella saltó de la mesa para distanciarse de él.

她从桌子上跳下来，与他保持距离。

Y ella corrió a los brazos del padre, buscando seguridad.

她奔向父亲的怀抱寻求庇护。

Pero Gregor ya no tenía tiempo que perder con sus padres.

但格里高尔现在根本没时间陪伴父母。

El oficial autorizado ya estaba en las escaleras.

获授权的官员当时已经在楼梯上了。

Apoyó la barbilla en la barandilla para mirar dentro de la casa.

他下巴抵着栏杆，往屋里看去。

Al parecer quería echar un último vistazo al espectáculo.

显然，他想最后再看一眼这壮观的景象。

Y Gregor hizo un último esfuerzo para llegar hasta el gerente.

格雷戈尔做了最后的努力，试图联系经理。

Corrió hacia la puerta tan seguro como pudo.

他尽可能安全地朝门口跑去。

Pero el jefe de oficina debía de sospechar algo.

但总书记肯定有所察觉。

Porque saltó varios escalones y desapareció.

因为他跳下好几级台阶，消失不见了。

—¡Huh! —gritó Gregor, resonando en la escalera.

"哈！"格雷戈尔喊道，声音在楼梯间回荡。

La fuga del gerente también pareció confundir a su padre.

经理的逃跑似乎也让他的父亲感到困惑。

Hasta entonces había conseguido mantener la compostura.

在此之前，他一直保持着相当的冷静。

Pero desgraciadamente él también perdió la compostura que había tenido.

但不幸的是，他也失去了原本的镇定。

Lo que debería haber hecho es ayudar a Gregor en su persecución.

他本应该帮助格里高尔追赶格里高尔。

Pero con una mano agarró el bastón del gerente.

但他一手抓住了经理的拐杖。

Y en la otra mano sostenía ahora un periódico.

而他的另一只手则拿着一份报纸。

Y ahora estorbó directamente a Gregor en su persecución.

现在，他直接阻碍了格里高尔的追捕。

Se había colocado entre Gregor y la calle.

他挡在了格里高尔和街道之间。

Golpeó el suelo con los pies y agitó el palo y el periódico.

他跺了跺脚，挥舞着棍子和报纸。

Y él estaba forzando activamente a Gregor a regresar a su habitación.

他正强迫格里高尔回到他的房间里。

Ninguna de las peticiones que Gregor intentó hacer sirvió de algo.

格雷戈尔尝试提出的所有请求都无济于事。

Porque ninguna de las peticiones que hizo fue entendida.

因为他提出的要求一个都没被理解。

Giró la cabeza hacia un ángulo más profundo y humilde.

他把头转向更深、更谦卑的角度。

Pero su padre respondió golpeando el suelo con más fuerza.

但他的父亲却跺脚跺得更厉害了。

La madre abrió una ventana, a pesar del clima frío.

尽管天气凉爽，母亲还是打开了窗户。

Y apretó su cara entre sus manos en el frío.

她蜷缩着身子，双手捂住脸，任凭寒风刺骨。

El viento ahora podría pasar por todo el apartamento.

现在风可以穿过整个公寓了。

Una fuerte corriente de aire soplaba desde la escalera hacia el callejón.

一股强风从楼梯间吹向巷子。

Las cortinas se agitaban a causa del fuerte viento.

强风吹得窗帘猎猎作响。

Y el periódico sobre la mesa crujió con el viento.

桌上的报纸在风中沙沙作响。

Incluso algunas hojas fueron arrastradas hasta el interior de la casa desde el exterior.

甚至有些树叶也被风从外面吹进了屋里。

El padre pateaba y empujaba sin descanso.

父亲跺着脚，不停地推搡。

Y silbaba y hacía ruidos como lo haría un hombre salvaje.

他像个野人一样发出嘶嘶声和各种怪叫声。

Pero Gregor aún no había practicado el caminar hacia atrás.

但格里高尔还没有练习过倒着走。

Incluso Gregor admitiría que este movimiento era mucho más lento.

就连格里高尔也会承认，这个动作要慢得多。

Pero lo único que quería era la oportunidad de cambiar las cosas.

但他想要的只是一个重新开始的机会。

Entonces se habría ido directamente a su habitación.

然后他就会直接回房间。

Pero tenía demasiado miedo de impacientar a su padre.

但他太害怕惹父亲不耐烦了。

Y allí estaba la amenaza de un golpe con el palo.

而且还有人威胁要用棍子打人。

Un golpe así en la parte posterior de la cabeza podría ser fatal.

头部后侧受到这样的重击可能会致命。

Pero al final Gregor no tuvo otra opción.

但最终格里高尔别无选择。

Se dio cuenta de que ni siquiera podía caminar hacia atrás en línea recta.

他意识到自己甚至无法笔直地倒退行走。

Empezó a girar tan rápido como pudo.

他开始尽可能快地转身。

Pero en realidad este movimiento giratorio era igualmente lento.

但实际上，这种转变过程同样缓慢。

Y le siguieron las miradas ansiosas del padre.

父亲焦急的目光一直追随着他。

Quizás el padre notó las buenas intenciones de Gregor.

或许父亲察觉到了格里高尔的善意。

Porque no le impidió darse la vuelta.

因为他没有阻止他转身。

Incluso utilizó la punta de su bastón para guiar la rotación.

他甚至用棍子的尖端来引导旋转。

¡Pero Gregor aún deseaba que su padre no le hubiera silbado!

但格里高尔仍然希望父亲没有对他发出嘶嘶声！

El silbido sólo aumentó la confusión del momento.

嘶嘶声更加剧了当时的混乱局面。

Y luego cometió un error y giró en la dirección equivocada.

然后他走错了方向。

Al final logró encarar el camino correcto.

最后他终于找到了正确的方向。

Y estaba satisfecho con el progreso que había logrado.

他对自己取得的进步感到满意。

Pero entonces el siguiente problema se hizo aún más evidente.

但随后，下一个问题变得更加明显了。

Su cuerpo era demasiado ancho para pasar fácilmente por la puerta.

他的体型太宽，很难穿过门。

En su estado actual el padre no se dio cuenta de esto.

父亲当时神志不清，没有注意到这一点。

Así que no se le ocurrió abrir más la puerta.

所以他根本没想到要把门开得更大一些。

Entonces habría habido suficiente espacio para Gregor.

那样的话，就有足够的空间容纳格里高尔了。

Su única prioridad era conseguir que Gregor entrara a su habitación.

他当时唯一的目标就是把格里高尔带回房间。

Habría tenido que ponerse de pie para poder pasar por la puerta.

他必须站起来才能穿过这扇门。

Pero el padre no hubiera permitido tal maniobra.

但父亲绝不会允许这种做法。

De hecho, le estaba siseando aún más salvajemente que antes.

事实上，他冲着他嘶嘶叫得比之前更加凶狠了。

Sonaba como si más de un hombre le estuviera silbando.

听起来好像不止一个人在对他发出嘶嘶声。

Sus demandas parecían tener una nueva urgencia detrás.

他的诉求似乎变得更加迫切了。

Realmente ya no había más tiempo para perder el tiempo.

现在真的没有时间再浪费了。

Pasara lo que pasara, Gregor tenía que atravesar la puerta.

不管发生什么，格里高尔都必须穿过那扇门。

Se abrió paso sin ningún respeto por sí mismo.

他全然不顾自身安危，奋力前行。

Un lado de su cuerpo fue empujado hacia arriba por el movimiento.

由于这个动作，他身体的一侧被迫向上抬起。

Y él yacía torpe y torcido en el umbral de la puerta.

他笨拙地歪斜地躺在门口。

Uno de sus flancos quedó en carne viva rozando la madera.

他的一侧肋部被木头磨得通红。

Y había dejado feas manchas en la puerta pintada de blanco.

他还在白色油漆门上留下了难看的污渍。

Las piernas de uno de sus costados colgaban temblando en el aire.

他一侧的双腿颤抖地悬在空中。

Sus otras piernas estaban presionadas dolorosamente contra el suelo.

他的其他两条腿痛苦地压在地板上。

Pronto se quedaría atrapado completamente entre las puertas.

很快他就会完全被卡在门缝里。

Y entonces no habría podido moverse en absoluto.

那样的话，他就完全动弹不得了。

Pero el padre le dio un fuerte empujón realmente liberador.

但父亲给了他真正解放的强大推动力。

Y cayó, sangrando profusamente, hasta el fondo de su habitación.

他倒了下去，鲜血直流，跌进了房间深处。

El padre cerró la puerta tras de sí con su bastón.

父亲用棍子砰地一声关上了身后的门。

Y finalmente hubo algo de paz y tranquilidad nuevamente.

然后，终于又恢复了平静。

第二部分

Gregor no se despertó hasta mucho más tarde ese mismo día.

格里高尔直到当天晚些时候才醒来。

Había anochecido; había dormido profundamente e inconscientemente.

夜幕降临，他沉沉睡去，毫无知觉。

Se habría despertado incluso sin que nadie lo hubiera molestado.

即使没人打扰他，他也会醒来。

Porque se sentía suficientemente descansado y bien dormido.

因为他感觉休息充分，睡眠充足。

Pero le pareció oír unos pasos fugaces afuera.

但他似乎听到了外面传来一阵匆匆的脚步声。

Y alguien podría haber cerrado cuidadosamente la puerta principal.

或许有人已经小心地关上了前门。

La luz del tranvía eléctrico se reflejaba pálidamente en el techo.

电车的灯光昏暗地投射在车顶上。

La parte superior del mueble también recibió un poco de luz.

家具顶部也照到了一些光线。

Pero allá abajo, a la altura de Gregor, estaba oscuro.

但是，在地面上，在格里高尔的高度，却是一片漆黑。

Sus piernas lo empujaron lentamente hacia la puerta nuevamente.

他的双腿缓缓地再次将他推向门口。

Tenía mucha curiosidad por ver qué había sucedido allí.

他非常好奇那里发生了什么事。

Pero su control de sus sensores aún no estaba desarrollado.

但他对触须的控制能力尚未发展成熟。

Aunque empezó a apreciar estos nuevos sensores.

虽然他开始欣赏这些新型传感器。

Una cicatriz larga y desagradable parecía recorrer su costado izquierdo.

他左侧似乎有一道又长又难看的疤痕。

La cicatriz parecía como si apretara ese lado de su cuerpo.

那道疤痕让他感觉身体的这一侧变得紧绷起来。

Y entonces tuvo que cojear literalmente sobre sus dos filas de piernas.

所以他只能一瘸一拐地用两排腿走路。

Esa mañana una de sus piernas resultó gravemente herida.

那天早上他的一条腿受了重伤。

Realmente fue un milagro que no se hubiera roto más piernas.

他没摔断更多腿，真是个奇迹。

Y así arrastró sin vida su pierna herida.

于是，他拖着受伤的腿无力地走在身后。

Cuando llegó a la puerta se dio cuenta de algo profundo.

当他走到门口时，他意识到了一件意义深远的事情。

Fue el olor de algo lo que lo atrajo hasta allí.

是某种气味把他引到了那里。

A Gregor le habían dejado algo comestible en su habitación.

有人在格里高尔的房间里给他留了一些可以吃的东西。

Trozos de pan blanco flotando en un cuenco de leche dulce.

几块白面包漂浮在一碗甜牛奶中。

Apenas podía contener la alegría que había dentro de él.

他几乎无法抑制内心的喜悦。

Ahora tenía incluso más hambre que por la mañana.

他现在比早上更饿了。

Inmediatamente sumergió su cabeza en el cuenco de leche.

他立刻把头浸入牛奶碗里。

La leche le salía casi por toda la cabeza, hasta los ojos.

牛奶几乎浸透了他的整个头部，一直到他的眼睛。

Pero pronto echó la cabeza hacia atrás, amargamente decepcionado.

但他很快就缩回了头，满心失望。

Comer era difícil debido a su delicado lado izquierdo.

由于他左侧身体虚弱，进食很困难。

Y sólo podía comer jadeando con todo su cuerpo.

他只能通过全身喘息才能吃东西。

Pero esa no fue la verdadera razón de su decepción.

但这并非他失望的真正原因。

La leche siempre había sido uno de sus platos favoritos.

牛奶一直是他最喜欢的食物之一。

No tenía ninguna duda de que su hermana recordaba esto.

他毫不怀疑他妹妹记得这件事。

Y esa fue la razón por la que le había dado leche.

这就是她给他喂牛奶的原因。

No podía explicar por qué ahora no le gustaba la leche.

他无法解释自己为什么现在不喜欢牛奶。

Y se apartó del cuenco casi con reticencia.

他几乎是恋恋不舍地转过身，不再看那碗。

Decepcionado, se arrastró de nuevo hasta el centro de la habitación.

他失望地爬回了房间中央。

Desde allí pudo ver a través de la rendija de la puerta.

他透过门缝看到了外面。

Pudo ver que el fuego en la sala de estar estaba encendido.

他看到客厅里的火已经点燃了。

Generalmente a esta hora el padre leía el periódico.

通常这个时候父亲会读报纸。

Él siempre solía leerle a la madre en voz alta.

他以前总是大声地给母亲读书。

A veces la hermana también escuchaba al padre.

有时妹妹也会偷听父亲说话。

Ella siempre le había contado a Gregor sobre esta lectura en voz alta.

她总是把朗读这件事告诉格里高尔。

Pero hoy no se oía ningún sonido en la habitación.

但今天房间里却没有任何声音传来。

Quizás este hábito ya había caído en desuso.

或许这个习惯已经不再养成了。

Un profundo silencio se había apoderado de todo el apartamento.

整个公寓里一片寂静。

Aunque sabía que el apartamento ciertamente no estaba vacío.

尽管他知道这间公寓肯定不是空的。

«¡Qué vida tan tranquila lleva la familia!», pensó Gregor.

"这一家人过着多么平静的生活啊，"格里高尔心想。

Y miró hacia la oscuridad con gran orgullo.

他骄傲地凝视着黑暗。

Estaba orgulloso de la vida que había podido darles.

他为自己能够给予他们的生活而感到自豪。

Estaba orgulloso del hermoso apartamento en el que vivían.

他为他们居住的漂亮公寓感到自豪。

¿Pero toda esta paz estaba a punto de tener un final terrible?

但这一切和平难道即将以可怕的方式结束吗？

¿Les iban a quitar su prosperidad?

他们的财富会被夺走吗？

¿Su satisfacción ahora era incierta en el futuro?

他们未来的幸福是否变得不确定了？

Pero él no quería perderse en tales pensamientos.

但他不想让自己沉浸在这样的思绪中。

Para mantenerse ocupado se arrastraba arriba y abajo por las paredes.

为了打发时间，他便在墙上爬上爬下。

Durante la larga velada una puerta estaba entreabierta.

漫长的夜晚里，一扇门微微敞开着。

Y en otro momento la otra puerta se abrió un poquito.

后来，另一扇门也微微打开了。

Pero en ambas ocasiones las puertas se cerraron rápidamente de nuevo.

但两次门都很快又关上了。

Estaba claro que alguien de fuera tenía el deseo de entrar.

显然，外面有人想要进来。

Pero también tenían demasiadas preocupaciones acerca de venir.

但他们对入境也有太多顾虑。

Gregor ahora se detuvo directamente en la puerta de la sala de estar.

格雷戈尔径直停在了客厅门口。

Estaba decidido a tentar de algún modo al indeciso visitante.

他决心想办法引诱这位犹豫不决的访客。

Y también quería saber quién había sido el visitante.

他还想知道来访者是谁。

Pero aquella noche la puerta no se abrió una tercera vez.

但那天晚上，门没有第三次被打开。

Y Gregorio esperaba en vano junto a la puerta.

格里高尔徒劳地在门口等待着。

Más temprano ese día todos querían entrar a la habitación.

当天早些时候，他们都想进这个房间。

Ahora que las puertas estaban desbloqueadas sería más fácil para ellos.

现在门锁打开了，对他们来说就更容易了。

Pero ellos prefirieron quedarse al otro lado de la habitación.

但他们选择待在房间的另一边。

Gregor se dio cuenta de que las llaves ya no estaban en sus cerraduras.

格里高尔发现钥匙不在锁里了。

Alguien debe haber movido las llaves a la cerradura exterior.

肯定有人把外面的锁钥匙换走了。

Sólo tarde por la noche se apagó la luz de la sala de estar.

直到深夜，客厅的灯才会关掉。

La familia debe haber permanecido despierta todo el tiempo.

这家人肯定全程都没睡。

Y Gregor podía oírlos claramente alejándose de puntillas.

格里高尔能清楚地听到他们蹑手蹑脚地走开的声音。

Ahora nadie vendría a ver a Gregor hasta la mañana.

现在，直到早上，都不会有人来找格里高尔了。

Así que tuvo mucho tiempo para sí mismo, para pensar sin interrupciones.

所以他有很长一段时间独处，不受打扰地思考。

¿Cuál sería la mejor manera de reorganizar su vida ahora?

现在重新安排他的生活最好的方法是什么？

Pero las altas paredes de la habitación vacía lo asustaban.

但空荡荡的房间高高的墙壁让他感到害怕。

No le quedó más remedio que tumbarse en el suelo.

他别无选择，只能平躺在地上。

Y nunca encontró la causa de su miedo en ese espacio.

但他始终没能在那个空间里找到恐惧的根源。

Era la misma habitación en la que había vivido durante cinco años.

这是他住了五年的同一个房间。

Medio inconscientemente hizo un movimiento hacia el sofá.

他半梦半醒间朝沙发迈了一步。

Y sin ninguna vergüenza se escondió debajo del sofá.

他毫无羞耻心地躲到了沙发底下。

Allí abajo se sintió inmediatamente de nuevo muy a gusto.

到了下面，他立刻又感觉非常舒适了。

A pesar de que tenía la espalda un poco presionada.

尽管他的背部有点被压住了。

Ya no podía levantar la cabeza debajo del sofá.

他再也无法把头从沙发底下抬起来了。

Pero incluso esto lo prefería a estar en cualquier espacio abierto.

但他宁愿待在这样的地方，也不愿待在任何开阔地带。

Sin embargo, lamentó que su cuerpo fuera tan ancho.

然而，他确实后悔自己的身材太胖了。

El sofá no podía cubrir completamente todo su cuerpo.

沙发无法完全遮住他的身体。

Se quedó debajo del sofá toda la noche.

他整晚都躲在沙发底下。

La noche la pasó medio dormido, perturbado por el hambre.

他整夜半睡半醒，饥饿难耐。

Y el tiempo que estaba despierto lo pasaba preocupado o esperanzado.

而他醒着的时候，要么在担忧，要么在充满希望。

Pero todas sus vagas esperanzas llevaron a la misma conclusión.

但他所有模糊的希望最终都指向了同一个结论。

No tuvo más remedio que permanecer en silencio por el momento.

他别无选择，只能暂时保持沉默。

Tuvo que mostrar paciencia y consideración hacia la familia.

他必须对这家人表现出耐心和体谅。

Era la única manera de hacer soportable el inconveniente.

这是唯一能让这种不便变得可以忍受的方法。

Los inconvenientes que ahora estaba causando a la familia.

他现在给这个家庭带来了诸多不便。

No tuvo que esperar mucho para demostrar su compasión.

他无需等待太久就证明了自己的仁慈。

Temprano por la mañana la hermana miró dentro de su habitación.

清晨，妹妹往他的房间看了一眼。

Aunque en realidad era tan de noche como de mañana.

虽然实际上那段时间既有夜晚也有早晨。

Ella estaba completamente vestida y parecía mostrar entusiasmo.

她衣着完整，看起来很兴奋。

La fuerza de su nueva decisión podría ser puesta a prueba.

他新做出的决定是否有效还有待检验。

Ella no lo encontró inmediatamente con su primera mirada.

她第一眼并没有立刻找到他。

Tenía que estar en algún lugar, no podía haber volado.

他肯定身处某个地方；他不可能飞走。

Pero entonces sus ojos hicieron un segundo recorrido por la habitación.

但随后她的目光又扫视了一遍房间。

Y esta vez vio su torso debajo del sofá.

这一次，她发现他的上半身蜷缩在沙发底下。

Estaba tan asustada que perdió todo el control de sí misma.

她吓坏了，完全失去了自控能力。

Y su primera reacción fue cerrar la puerta de golpe.

她的第一反应是再次砰地一声关上门。

Pero también pareció arrepentirse inmediatamente de su comportamiento.

但她似乎也立刻对自己的行为感到后悔。

Tan pronto como cerró la puerta de golpe, la abrió de nuevo.

她砰地一声关上门，随即又打开了。

Y esta vez entró de puntillas en la habitación con cuidado.

这一次，她踮着脚尖轻轻地走进了房间。

Se movía como si estuviera visitando a una persona gravemente enferma.

她的举止就像是在探望一位重病患者。

O tal vez estaba visitando a un completo desconocido.

或者她当时可能是在拜访一个完全陌生的人。

Gregor empujó su cabeza casi hasta el borde del sofá.

格里高尔把头几乎顶到了沙发边缘。

Y desde debajo de la caja fuerte la observaba en la habitación.

他躲在保险箱下面，看着房间里的她。

¿Se daría cuenta de que había dejado la leche?

她会注意到他把牛奶落下了吗？

No había dejado la leche por falta de hambre.

他离开牛奶并不是因为不饿。

¿En lugar de eso le traería comida diferente?

她是不是打算给他带别的食物？

Quizás un plato que se ajustara mejor a sus preferencias.

或许是更符合他口味的菜肴。

Pero ella misma habría tenido que notar su apetito.

但她必须自己注意到他的食欲才行。

Preferiría morir de hambre antes que hacerle saber eso.

他宁愿饿死也不愿让她知道这件事。

En realidad le habría gustado mucho decírselo.

其实他很想告诉她。

Estuvo realmente tentado de disparar desde debajo del sofá.

他当时真想从沙发底下跳出来。

Quería arrojarse a los pies de su hermana.

他想跪倒在姐姐脚下。

Y quiso pedirle algo bueno para comer.

他想问她要点好吃的。

Pero entonces la hermana miró hacia el cuenco de leche.

但随后，姐姐的目光转向了那碗牛奶。

Inmediatamente se dio cuenta de que el cuenco todavía estaba lleno.

她立刻注意到碗里还是满的。

Le sorprendió bastante que Gregor no hubiera comido nada.

她很惊讶格里高尔竟然什么都没吃。

Sólo se había derramado un poco de leche en el suelo.

地板上只洒了一点牛奶。

Inmediatamente cogió el cuenco y lo sacó.

她立即拿起碗，端了出去。

Él vio que ella no recogió el cuenco con sus propias manos.

他发现她并没有用手直接拿起碗。

En lugar de eso, recogió el cuenco con uno de los trapos.

她没有用抹布，而是用抹布把碗拿起来。

Pero Gregor se olvidó muy rápidamente de este pequeño detalle.

但格里高尔很快就忘记了这个小细节。

Ahora estaba mucho más entusiasmado por otra cosa.

他现在对另一件事更感兴趣。

¿Qué podría traer como reemplazo de la leche?

她会带什么来代替牛奶呢？

Tenía varios pensamientos sobre lo que ella podría traer.

他脑海里浮现出各种各样的想法，猜测她可能会带来什么。

Pero la bondad de su hermana superó sus expectativas.

但他妹妹的善良超出了他的预期。

Se dio cuenta de que tenía que probar cuáles eran sus nuevos gustos.

她意识到自己必须试探一下他的新口味是什么。

Así que trajo toda una selección de alimentos diferentes.

所以她带来了各种各样的食物。

Verduras medio podridas, huesos de la cena.

半腐烂的蔬菜，晚餐剩下的骨头。

Salsa solidificada de la otra comida que habían comido.

这是他们之前吃的饭菜里剩下的凝固的酱汁。

Unas pasas, unas almendras, pan seco, pan con mantequilla.

几颗葡萄干，一些杏仁，干面包，涂了黄油的面包。

Un poco de pan untado con mantequilla y también con sal.

一些涂了黄油并加了盐的面包。

Queso que Gregor había declarado incomestible hacía dos días.

两天前格雷戈尔宣布无法食用的奶酪。

Toda esta selección de comida fue colocada en un periódico.

所有这些食物都被摆放在一张报纸上。

Y también colocó un recipiente con agua al lado de sus comidas.

她还在他的饭菜旁边放了一碗水。

Ella sabía que Gregor no habría comido delante de ella.

她知道格里高尔不会在她面前吃东西。

Entonces, por respeto hacia él, salió nuevamente de la habitación.

出于对他的尊重，她再次离开了房间。

Y hasta giró la llave en la cerradura al salir.

她离开时甚至还转动了锁孔里的钥匙。

Pero ella giró la llave muy silenciosamente y con mucho cuidado.

但她转动钥匙的动作非常轻柔小心。

De esta manera sólo Gregor sabría que la puerta estaba cerrada.

这样只有格里高尔才会知道门锁了。

Ahora podía ponerse tan cómodo como quisiera.

现在他可以随心所欲地让自己感到舒适了。

Las piernas de Gregor zumbaban cuando llegó la hora de comer.

到了吃饭时间，格雷戈尔的双腿就开始飞快地转动。

Lo que vale la pena destacar es que ya no sentía ninguna molestia.

值得注意的是，他不再感到任何不适。

Sus heridas deben haber sanado ya por completo.

他的伤口肯定已经完全愈合了。

Porque ya no sentía sus discapacidades anteriores.

因为他不再感到以前的残疾了。

Su nueva capacidad de curar lo sorprendió y lo asombró.

他新获得的治愈能力让他既惊讶又惊奇。

Hace más de un mes se cortó el dedo con un cuchillo.

一个多月前，他用刀割伤了手指。

Hasta hace dos días esa herida todavía le dolía.

直到两天前，他的伤口仍然疼痛难忍。

"¿Soy mucho menos sensible ahora?" pensó para sí mismo.

“我现在敏感度降低很多了吗？”他心想。

Para entonces ya estaba chupando con avidez el queso.

此时他已经贪婪地吮吸着奶酪了。

Se sintió atraído por el queso más que por el resto de la comida.

相比其他食物，他更喜欢奶酪。

Comió rápidamente un trozo de queso tras otro.

他迅速地一块接一块地吃掉了奶酪。

Sus ojos se llenaron de lágrimas de satisfacción al probarlo.

他尝到味道后，眼中充满了满足的泪水。

Después del queso comió las verduras y la salsa.

吃完奶酪后，他又吃了蔬菜和酱汁。

Sin embargo, la comida fresca no le sabía bien.

然而，他却觉得新鲜食物不好吃。

De hecho, ni siquiera podía soportar el olor de la comida fresca.

事实上，他甚至无法忍受新鲜食物的气味。

Incluso arrastró el resto de la comida lejos de la comida fresca.

他甚至把其他食物从新鲜食物旁边拖走了。

Y muy rápidamente terminó la comida más comestible.

他很快就把最能吃的食物吃光了。

Toda aquella deliciosa comida tuvo sobre él un efecto soporífero.

所有美味的食物都让他昏昏欲睡。

Y él permaneció acostado perezosamente en el lugar donde había comido.

他懒洋洋地躺在他吃东西的地方。

Finalmente su hermana regresó para ver cómo estaba nuevamente.

最后，他姐姐又来看望他了。

Tuvo la previsión de girar la llave muy lentamente.

她很有先见之明，慢慢地转动钥匙。

Esto le dio a Gregor una advertencia de que debía retirarse.

这给了格里高尔一个警告，他应该撤退。

Aturdido y sobresaltado, se apresuró a volver debajo del sofá.

他惊愕不已，慌忙躲回沙发底下。

Pero quedarse debajo del sofá no fue tan fácil esta vez.

但这次躲在沙发底下可没那么容易。

Su cuerpo se había vuelto un poco redondeado por tanta comida.

因为吃得太饱，他的身材变得有点圆润了。

Y tuvo que controlarse para no quedarse sin nada otra vez.

他必须克制自己，才没有再次跑出去。

Aunque la hermana no permaneció mucho tiempo en la habitación.

尽管妹妹在房间里待的时间并不长。

Le costaba respirar en ese estrecho espacio.

在那个狭窄的空间里，他呼吸困难。

Pero él siguió adelante a pesar de los pequeños ataques de asfixia.

但他还是克服了偶尔的窒息感。

Con ojos desorbitados observaba las actividades de la hermana.

他瞪大了眼睛，观察着妹妹的一举一动。

La hermana desprevenida vertió todo en un balde.

毫不知情的妹妹把所有东西都倒进了桶里。

Ella no sólo se deshizo de la comida que Gregor no había comido.

她不仅扔掉了格里高尔没吃完的食物。

Pero también se deshizo de la comida que él no había tocado.

但她也会处理掉他没动过的食物。

Al parecer esa comida ya no era comestible para nadie.

显然，那些食物现在对任何人来说都不能吃了。

Luego cerró el cubo de comida con una tapa de madera.

然后她用木盖盖住了食物桶。

Y con la comida, el balde y el trapeador, se fue.

她带着食物、水桶和拖把离开了。

Gregor no habría podido esperar mucho más tiempo.

格里高尔再也等不了多久了。

Tan pronto como ella se fue, él se escapó de debajo del sofá.

她一走，他就从沙发底下溜了出来。

Y se estiró y resopló aliviado.

他伸展开身体，长舒了一口气，如释重负。

Así recibía Gregorio comida de vez en cuando.

从此以后，格里高尔就一直这样得到食物。

Su hermana le dio de comer una vez temprano en la mañana.

他姐姐清晨给他喂过一次食物。

A esta hora los padres y la criada todavía dormían.

这时，父母和女佣都还在睡觉。

Y recibió una segunda comida después de que todos almorzaron.

大家吃完午饭后，他又吃了一顿饭。

Porque en ese momento los padres también durmieron un rato.

因为那时父母也睡了一会儿。

Y la doncella fue enviada por su hermana a hacer algún recado.

女佣被姐姐打发去办事了。

Ciertamente no tenían intención de dejar morir de hambre a Gregor.

他们当然没有打算饿死格里高尔。

Pero tampoco hubieran querido verlo comer.

但他们也不想看他吃饭。

Lo que mencionó la hermana fue suficiente información.

姐姐提供的信息已经足够了。

Quizás era su manera de ahorrarles dolor a los padres.

或许这是她为了减轻父母的悲痛而采取的方式。

Ya habían sufrido bastante por sus acciones.

他们已经因他的行为遭受了太多痛苦。

El primer día se iba convirtiendo poco a poco en un recuerdo lejano.

第一天的情景渐渐成为遥远的记忆。

Gregor no tenía forma de saber lo que pasó ese día.

格里高尔无从得知那天发生了什么事。

¿Cómo fue guiado el cerrajero fuera del apartamento?

锁匠是如何被引导出公寓的？

¿Con qué excusas quedó finalmente satisfecho el médico?

医生最终对哪些借口感到满意？

No había encontrado ningún modo de hacerse entender.

他找不到任何办法让别人理解他。

Ni siquiera logró comunicarse con su hermana.

他甚至都没能和妹妹取得联系。

Y entonces pensaron que no podía entenderlos.

所以他们认为他无法理解他们。

Y por eso no se hizo ningún esfuerzo para hablar con él.

因此，没有人尝试与他交谈。

Su hermana entraba en su habitación todas las mañanas y a la hora del almuerzo.

他妹妹每天早上和中午都会进他的房间。

Pero él tuvo que contentarse con escuchar sus suspiros.

但他只能听听她的叹息声。

Más tarde se acostumbró un poco más a la forma de Gregor.

后来她渐渐习惯了格里高尔的体型。

Y se sintió un poco más libre para hacer más comentarios.

她感到自己有了更多发言的自由。

(Aunque nunca se acostumbraría del todo a él.)

（尽管她永远也无法完全习惯他。）

Y entonces Gregor se sintió nuevamente hablado un poco más.

然后，格里高尔感觉自己又有人跟他说话了。

Y captó lo que percibió como comentarios amistosos.

他还听到了一些他认为是友好的评论。

"Disfrutó su comida hoy" o "comió todo".

“他今天吃得很开心”，或者“他把所有东西都吃光了”
。

Pero eso fue sólo cuando hubo comido toda su comida.

但那只是在他吃完所有食物之后的事。

Pero últimamente esto se está volviendo cada vez menos frecuente.

但最近这种情况越来越少见了。

"Apenas tocaba la comida", decía ella con más frecuencia ahora.

"他几乎没怎么吃东西，"她现在经常这样说。

Y había un toque de tristeza en su voz cada vez.

而且她每次说话时，语气中都带着一丝悲伤。

Gregor no pudo escuchar ninguna otra noticia más directamente.

格雷戈尔无法更直接地听到任何其他消息。

Pero escuchó muchas noticias de las habitaciones contiguas.

但他从隔壁房间听到了很多消息。

Al oír voces corrió hacia la puerta correspondiente.

他听到人声后，就跑向了相应的门。

Y apretó todo su cuerpo contra la puerta para escuchar.

他把全身贴在门上，想听清楚。

Todas las conversaciones le concernían de una manera u otra.

所有谈话都或多或少与他有关。

Incluso cuando el tema parecía ser sobre otra cosa.

即使话题看似与此无关。

Esta observación fue especialmente cierta en los primeros tiempos.

这一点在早期尤其如此。

Durante cada comida repetían la misma discusión.

每顿饭他们都重复着同样的话题。

Todavía no estaban seguros de cómo comportarse a su alrededor.

他们仍然不确定该如何与他相处。

Pero el mismo tema también se discutió entre comidas.

但同样的话题也在两餐之间被讨论过。

Porque siempre había dos miembros de la familia en casa.

因为家里总是有两个家庭成员。

Nadie quería quedarse solo en la casa.

谁都不愿意独自待在房子里。

Pero dejar el piso vacío tampoco era una opción.

但让公寓空置也是绝对不可能的。

La criada era la única que no estaba atada al apartamento.

只有女佣没有被束缚在公寓里。

Ella ya había pedido irse el primer día.

她第一天就提出要离开。

Ella se puso de rodillas y pidió que la despidieran.

她跪下来恳求被解雇。

La familia no sabía cuánto sabía realmente la criada.

这家人并不知道女佣究竟知道多少。

En ese momento ella no había visto más que nadie.

当时她所见所闻并不比其他人多。

Lo sucedido todavía era un misterio para la familia.

对于这个家庭来说，究竟发生了什么仍然是个谜。

Pero un cuarto de hora después se despidió.

但一刻钟后，她便告别了。

Y agradeció a la familia con lágrimas en los ojos.

她含着泪向这家人道谢。

Pero en realidad les agradeció por haberla liberado.

但她其实是感谢他们释放了她。

Parecían haberle mostrado la mayor bondad.

他们似乎对她非常友善。

Incluso hizo un juramento sin que se lo pidieran.

她甚至在没有被要求的情况下发了誓。

Dijo que no le contaría a nadie lo que había sucedido.

她说她不会告诉任何人发生了什么事。

Ahora la hermana tenía que cocinar junto con su madre.

现在妹妹不得不和妈妈一起做饭了。

Pero esto realmente no era un gran inconveniente.

但这其实并没有造成太大的不便。

Porque de todas formas los dos no comían casi nada.

因为他们俩本来就几乎没吃什么东西。

Gregor escuchó una y otra vez la misma conversación.

格里高尔一次又一次地听到同样的对话。

Una persona le decía a otra que tenía que comer más.

一个人告诉另一个人，他们得多吃点。

Pero esa persona no recibió ninguna respuesta de la persona.

但那个人没有收到对方的回复。

"Gracias, tengo suficiente", o algo similar.

"谢谢，我够了。"或者类似的话。

Quizás ya no bebían nada tampoco.

或许他们也不再喝任何东西了。

La hermana a menudo le preguntaba a su padre si quería cerveza.

妹妹经常问父亲要不要喝啤酒。

Y ella misma se ofreció calurosamente a ir a buscar la cerveza.

她热情地提出亲自去拿啤酒。

El padre siempre permanecía en silencio ante su petición.

父亲始终按照她的要求保持沉默。

Así que la hermana tuvo que encontrar una manera de eliminar cualquier duda.

所以妹妹必须想办法消除所有疑虑。

Y ella dijo que enviaría a la criada a buscar algo de cerveza.

她说她会派女佣去买些啤酒。

Pero entonces el padre finalmente dijo un gran y rotundo "no".

但随后，父亲终于大声地说了一声"不"。

Luego ya no se volvió a mencionar el tema de tomar una cerveza.

之后，关于他喝啤酒的话题就再也没有被提及。

Ya había explicado anteriormente la situación financiera.

他之前已经解释过财务状况了。

De hecho, mencionó las finanzas el primer día.

事实上，他第一天就提到了财务问题。

Les hizo saber perfectamente cuáles eran las perspectivas.

他让他们清楚地了解了前景如何。

Su propio negocio se había derrumbado hacía unos cinco años.

他自己的公司大约五年前倒闭了。

De vez en cuando se levantaba para abandonar la mesa.

他时不时会站起来离开餐桌。

Y se dirigió a la caja registradora de su antiguo negocio.

然后他走到他以前店里的收银台前。

Había salvado la caja registradora por sentimentalismo.

他出于怀旧之情保留了收银机。

Gregor lo oyó abrir una cerradura pesada y complicada.

格里高尔听到他打开一把沉重而复杂的锁。

Y sacó recibos y libros de la caja.

他从收银箱里拿出收据和账簿。

Después de tomar los objetos volvió a cerrar la caja fuerte.

拿走物品后，他又把钱箱锁上了。

Gregor no había tenido buenas noticias desde su encarcelamiento.

格里高尔自被囚禁以来，没有听到过任何好消息。

Pensó que el negocio había llevado a la quiebra a su padre.

他认为父亲的生意让他破产了。

El padre seguramente le había dado esa impresión a Gregor.

父亲确实给格里高尔留下了这样的印象。

Y Gregor nunca le preguntó más sobre las finanzas.

格里高尔再也没有问过他关于财务方面的问题。

Gregor quería hacer todo lo posible para ayudar a la familia.

格雷戈尔想尽一切办法帮助这个家庭。

Quería ayudarlos a olvidar la desgracia empresarial.

他想帮助他们忘记生意上的不幸。

La quiebra que provocó la desesperanza más completa.

导致彻底绝望的破产。

Así que empezó a trabajar con una pasión muy especial.

于是他开始怀着无比的热情投入工作。

Se había convertido en un vendedor ambulante casi de la noche a la mañana.

他几乎一夜之间就成了旅行推销员。

Antes de eso, sólo había trabajado como empleado con un salario bajo.

在此之前，他只是个收入微薄的职员。

Ahora tenía oportunidades de ingresos completamente diferentes.

现在他有了完全不同的赚钱机会。

Las ventas exitosas podrían convertirse inmediatamente en efectivo.

成功的销售可以立即转化为现金。

El dinero en efectivo, por supuesto, se paga con sus comisiones.

当然，这些现金是从他的佣金中支付的。

Ahora Gregor podía poner dinero en la mesa familiar.

现在格雷戈尔能够挣钱补贴家用了。

Y estaban asombrados y contentos con sus ganancias.

他们对他的收入感到惊讶和高兴。

Pero esos tiempos hermosos no se repetirán nuevamente.

但那些美好的时光不会再重现了。

Apenas se habían acostumbrado a esos buenos tiempos.

他们才刚刚习惯了这段美好的时光。

Cada día de pago la familia aceptaba el dinero con gratitud.

每逢发薪日，一家人都会欣然接受这笔钱。

Y Gregor estaba igualmente feliz de entregar el dinero.

格里高尔也同样乐意交出这笔钱。

Pero el cálido afecto que recibía a cambio fue muriendo lentamente.

但是，对方给予的温暖感情却渐渐消逝了。

Sólo su hermana permaneció tan cerca de Gregor como antes.

只有他的妹妹仍然像以前一样与格里高尔亲近。

Ella, a diferencia de Gregor, tenía un profundo aprecio por la música.

与格里高尔不同，她对音乐有着深刻的欣赏。

Y ella sabía tocar el violín de una manera muy conmovedora.

而且她拉小提琴拉得非常动人。

Gregor planeó en secreto enviarla a la escuela de música.

格里高尔暗中计划送她去音乐学校。

Aún no había decidido cómo pagaría los gastos.

他还没决定如何支付这些费用。

Pero de una forma u otra cubriría los costos.

但他总会想办法弥补这些费用。

De vez en cuando Gregor y su familia hacían pequeños viajes.

格雷戈尔和家人偶尔会进行短途旅行。

Gregor y su hermana abordaron este tema con frecuencia.

格里高尔和妹妹经常提起这个话题。

Pero sólo se mencionó como una idea maravillosa.

但它始终只是被当作一个绝妙的想法提及而已。

Realmente no creían que el sueño pudiera realizarse.

他们其实并不相信这个梦想能够实现。

Y a los padres no les gustaban esas ambiciones fantasiosas.

父母并不喜欢这种不切实际的抱负。

Incluso cuando el tema se planteó de manera muy inocente.

即使这个话题是出于非常无辜的目的提出的。

Pero Gregor seguía pensando en la escuela de música.

但格里高尔仍然惦记着音乐学校的事。

Y tenía pensado anunciar el regalo en Nochebuena.

他计划在圣诞夜宣布这份礼物。

Por supuesto, en su estado actual sería imposible.

当然，以他目前的状况，这是不可能的。

Pero ese tipo de pensamientos pasaban por su cabeza.

但他的脑海中确实闪过这样的想法。

Y tenía estos pensamientos mientras escuchaba a la familia.

他一边听着这家人讲述，一边想着这些事。

A veces se cansaba demasiado para seguir escuchándolos.

有时他太累了，听不下去了。

Su cabeza cayó contra la puerta por el cansancio.

他疲惫不堪，头重重地撞在了门上。

Pero inmediatamente volvió a apoyar la cabeza contra la puerta.

但他随即又把头靠在了门上。

Porque incluso el ruido más leve se podía oír afuera.

因为外面哪怕最轻微的声响都能听到。

Y cualquier ruido que hacía hacía que la familia se quedara en silencio.

他发出的任何动静都会让全家人安静下来。

"¿Qué está haciendo ahora?" preguntó el padre a la familia.

"他现在在做什么？"父亲问家人。

Y fue a la puerta para comprobar qué era aquel ruido.

于是他走到门口查看是什么声音。

Y luego la conversación interrumpida se reanudó gradualmente.

然后，中断的谈话逐渐恢复了下来。

Pero lo que dijo el padre sorprendió positivamente a todos.

但父亲的话却出乎所有人的意料，令人惊喜。

Gregor ahora conoció la verdadera situación de las finanzas.

格里高尔现在终于了解了财务上的真实情况。

A pesar de todas las desgracias, hubo algo de buena suerte.

尽管遭遇了种种不幸，但也迎来了一些好运。

Aún quedaba allí una muy pequeña fortuna de los viejos tiempos.

那里还留着以前积累的一小笔财富。

El padre explicó las cosas, pero tuvo que repetirlas.

父亲解释了一番，但不得不重复好几遍。

Porque hacía tiempo que no se ocupaba de estas cosas.

因为他已经很久没有处理这些事情了。

Y porque la madre no entendía tales cosas.

因为母亲不懂这些事。

Los tipos de interés del banco habían subido un poco.

银行的利率略有上涨。

El dinero intacto había aumentado más de lo esperado.

未动用的资金增长幅度超出预期。

Además Gregor siempre les había dado sus ahorros.

此外，格里高尔一直都把自己的积蓄给他们。

Sólo había conservado unos pocos florines para sí.

他一生中只给自己留下了寥寥几个荷兰盾。

Y su dinero aún no se había agotado por completo.

而且他的钱也还没有完全花光。

En conjunto, este dinero se había acumulado hasta formar un pequeño capital.

这些钱积攒起来也算是一笔小数目了。

Gregor, detrás de su puerta, asintió con entusiasmo ante la noticia.

门后的格里高尔听到这个消息，急切地点了点头。

Le agradó esta inesperada cautela y frugalidad.

他对这种出乎意料的谨慎和节俭感到欣喜。

Los fondos sobrantes podrían haberse utilizado para pagar la deuda.

多余的资金原本可以用来偿还债务。

Entonces ya no le deberían nada al patrón.

这样一来，他们就不再欠老板任何东西了。

Y Gregor podría haber cambiado de trabajo mucho antes.

格雷戈尔本来可以更早找到新工作。

Pero ahora la manera como el padre lo dispuso estaba mucho mejor.

但现在父亲的安排要好得多。

El dinero no era suficiente para vivir de los intereses.

这点钱不够靠利息生活。

Y había que reservar algo de dinero para emergencias.

而且必须预留一些钱以备不时之需。

Sólo habría sido suficiente dinero para uno o dos años.

这笔钱只够维持一两年的生活。

Esto significaba que alguien tenía que ganar dinero para que pudieran vivir.

这意味着必须有人赚钱养活他们。

El padre no estaba enfermo y era bastante fuerte.

父亲身体健康，而且身体强壮。

Pero llevaba más de cinco años sin trabajo.

但他已经失业五年多了。

Y, debido a su edad, le quedaba poca confianza en sí mismo.

而且，由于年纪大了，他几乎失去了所有自信。

También había engordado mucho en los últimos tiempos.

他最近体重也增加了不少。

Su vida siempre había sido ardua y sin éxito.

他的一生一直艰辛而又不成功。

Y éstas habían sido las primeras vacaciones que había tenido.

这是他有生以来的第一个假期。

Y sin estar ocupado se había vuelto bastante torpe.

因为闲着没事干，他变得相当笨拙。

¿Sería mejor si la anciana madre ganara el dinero?

如果让老母亲自己挣钱，会不会更好？

La anciana madre que sufría de asma.

那位患有哮喘的老母亲。

La anciana madre que luchaba por subir las escaleras.

那位步履蹒跚、难以爬上楼梯的老母亲。

La anciana madre que pasaba el tiempo tumbada en el sofá.

那位整天躺在沙发上的老母亲。

La anciana madre que prefería quedarse junto a la ventana.

那位喜欢待在窗边的老母亲。

Para poder recuperar el aliento cuando lo necesitara.

这样她就能在需要的时候喘口气。

¿Sería mejor si la hermana joven ganara el dinero?

如果让妹妹挣钱，会不会更好？

La hermana, que a sus diecisiete años era todavía apenas una niña.

妹妹当时十七岁，还只是个孩子。

La hermana que sólo tuvo unos pocos placeres modestos.

妹妹只有一些简单的快乐。

La hermana a quien le gustaba principalmente tocar el violín.

姐姐主要喜欢拉小提琴。

Ella sabía que su anterior forma de vida era muy envidiable;

她知道自己以前的生活方式非常令人羡慕；

Vestirse bien, levantarse tarde, ayudar en la casa.

穿着得体，睡到自然醒，帮忙做家务。

La conversación a menudo giraba en torno a la necesidad de ganar dinero.

谈话内容经常会转到赚钱的话题上。

Gregor siempre era el primero en soltar la puerta.

格雷戈尔总是第一个松开门把手的人。

La conversación lo puso caliente de vergüenza y dolor.

这段对话让他羞愧难当，悲痛欲绝。

Entonces se dejó caer en el refrescante sofá de cuero.

于是他一头栽倒在凉爽的皮沙发上。

Y a menudo pasaba el resto de la noche en el sofá.

他经常在沙发上度过余下的夜晚。

Nunca durmió realmente en el sofá, ni tampoco por la noche.

他从来没有真正睡在沙发上，晚上也没有。

A menudo, simplemente se quedaba rascando el cuero durante horas y horas.

他常常一连几个小时不停地抓挠皮革。

Otras veces empujaba el sillón hacia la ventana.

有时他会把扶手椅推到窗边。

Esto solo requirió un gran esfuerzo de su parte.

单单这一点就需要他付出巨大的努力。

El sillón le ayudó a subirse al alféizar de la ventana.

扶手椅帮助他爬上了窗台。

Y desde allí pudo apoyarse en la ventana.

他从那里可以倚靠在窗户上。

Solía sentir una gran sensación de libertad al hacer esto.

他过去常常从这样做中获得极大的自由感。

Quizás estaba buscando algún viejo sentimiento liberador.

也许他是在寻找某种曾经让他感到自由自在的感觉。

Pero su visión no era tan nítida como solía ser.

但他的视力不如以前那么敏锐了。

Las cosas a cierta distancia se veían borrosas e indistintas.

稍远处的物体模糊不清。

Ya no podía ver el hospital al otro lado de la calle.

他再也看不到马路对面的医院了。

Antes había maldecido la vista, ahora quería verla.

他之前还咒骂这景色，现在却想看它了。

Sabía que vivía en la tranquila y urbana Charlottenstrasse.

他知道自己住在安静的都市街区夏洛滕大街。

Pero podría haber pensado que estaba mirando el desierto.

但他可能以为自己看到的是沙漠。

Un páramo donde el cielo gris y la tierra gris se fusionaban.

一片荒芜之地，灰色的天空与灰色的土地融为一体。

La atenta hermana notó dos veces que la silla se había movido.

细心的姐姐两次注意到椅子移动了位置。

Después de ordenar, empujó la silla hacia la ventana.

收拾完毕后，她把椅子推回窗边。

Y a partir de ahora incluso dejó la ventana abierta.

从那以后，她甚至连窗户都敞开着。

Gregor realmente hubiera deseado poder hablar con su hermana.

格里高尔真希望自己能和姐姐说说话。

Quería agradecerle por todo lo que hizo por él.

他想感谢她为他所做的一切。

Entonces habría tolerado más fácilmente sus servicios.

那样的话，他就能更容易地容忍他们的服务了。

Pero tal como estaban las cosas, él sufrió por su ayuda.

但事实上，她的帮助反而让他吃了苦头。

La hermana, por supuesto, intentó disimular la vergüenza.

当然，妹妹试图掩盖尴尬。

Y ella hizo todo lo posible para fingir que no se sentía agobiada.

她竭力装作不觉得负担沉重。

Por supuesto, esto es algo que tenía que practicar primero.

当然，这需要她先练习一下。

Y cuanto más tiempo pasaba, mejor lo hacía.

时间越久，她就越熟练。

Pero a Gregor también se le dio más tiempo para ver su pretensión.

但格里高尔也因此有更多的时间看穿她的伪装。

Incluso su entrada a su habitación fue una prueba para él.

就连她走进他的房间对他来说都是一种折磨。

Tan pronto como entró, corrió directamente a la ventana.

她一进门就径直跑到窗边。

Ni siquiera se tomó el tiempo de cerrar la puerta.

她甚至都没来得及关门。

Normalmente ella evitaba que todos vieran la habitación de Gregor.

她通常不会让任何人看到格里高尔的房间。

Y abrió la ventana de golpe con manos apresuradas.

她慌忙地一把拉开窗户。

Luego volvió a respirar como si se estuviera asfixiando.

然后她又喘了口气，仿佛刚才一直窒息着似的。

El aire que entraba era frío y ella respiraba profundamente.

吹进来的空气很冷，她深深地吸了一口气。

Pero aún así se quedó junto a la ventana por un rato.

尽管如此，她还是在窗边待了一会儿。

Con esta rutina asustaba a Gregor dos veces al día.

她每天两次用这个方法吓唬格里高尔。

Mientras ella estaba en la habitación él temblaba debajo del sofá.

当她在房间里的时候，他正躲在沙发底下瑟瑟发抖。

Él sabía que a ella le habría gustado ahorrarle esa terrible experiencia.

他知道她肯定不想让他受这种罪。

Pero ella no podía estar en la habitación con la ventana cerrada.

但她不能待在窗户关着的房间里。

Hubo una ocasión en que ella llegó un poco antes.

有一次她提前一点到了。

Probablemente alrededor de un mes después de la transformación de Gregor.

大概在格里高尔变身一个月后。

Ella se había acostumbrado un poco a su nueva apariencia.

她已经渐渐习惯了他的新形象。

Así que ya no tenía por qué estar particularmente sorprendida.

所以她已经没有理由再感到特别震惊了。

Ella lo encontró todavía mirando por la ventana, inmóvil.

她发现他仍然一动不动地望着窗外。

Estaba en el lugar más horrible en el que podría haber estado.

他当时身处最糟糕的地方。

No le habría sorprendido si ella no hubiera entrado.

如果她没进来，他也不会感到惊讶。

Donde le impidió abrir la ventana.

他阻止了她打开窗户。

Ella salió rápidamente de la habitación y cerró la puerta.

她迅速再次离开房间，关上了门。

Un extraño podría haber llegado a todo tipo de conclusiones.

陌生人可能会得出各种各样的结论。

Quizás sólo estaba esperando la oportunidad de morderla.

或许他只是在等待机会咬她。

Gregor, por supuesto, se escondió inmediatamente debajo del sofá.

格雷戈尔当然立刻躲到了沙发底下。

Pero tuvo que esperar hasta el mediodía para que su hermana regresara.

但他必须等到中午妹妹才能回来。

Y ella parecía mucho más inquieta que de costumbre.

她看起来比平时更加焦躁不安。

Se dio cuenta de que verlo todavía era insoportable.

他意识到，看到他仍然让他难以忍受。

Verlo seguiría siendo insoportable para ella.

对她来说，看到他仍然是一件难以忍受的事。

Probablemente no podría soportar ver ninguna parte de él.

她大概无法忍受看到他的任何部位。

Siempre sobresalía una pequeña parte de debajo del sofá.

沙发底下总有一小部分凸出来。

Un día llevó una sábana sobre su espalda hasta el sofá.

有一天，他背着床单走到沙发旁。

Quería evitar que ella viera cualquier parte de él.

他不想让她看到他的任何部位。

Él dispuso la sábana de tal manera que todo él quedara oculto.

他整理好床单，把自己完全遮盖了起来。

Incluso si se agachara no podría verlo.

即使她弯下腰也看不到他。

Todo el esfuerzo le llevó a Gregor más de tres horas.

整个过程格雷戈尔花了三个多小时。

Quizás pensó que la sábana era innecesaria.

她可能觉得床单没必要。

Ella habría sabido que él no quería la sábana.

她应该知道他并不想要那张床单。

Lo hacía para su comodidad, no para la suya propia.

他这样做是为了让她感到舒服，而不是为了自己。

Y podría haber quitado la sábana si hubiera querido.

如果她愿意，她完全可以把床单拿掉。

Pero dejó la sábana donde Gregor la había puesto.

但她把床单留在了格里高尔放的地方。

Y Gregor incluso creyó haber captado una mirada de agradecimiento.

格里高尔甚至觉得他捕捉到了一个感激的眼神。

Había levantado suavemente la sábana con la cabeza.

他用头轻轻掀起了床单。

Quería ver si a su hermana le gustaba el arreglo.

他想看看妹妹是否喜欢这样的安排。

Las dos primeras semanas fueron las más difíciles para los padres.

对父母来说，头两周是最难熬的。

No pudieron animarse a entrar y verlo.

他们实在不忍心进去见他。

Escuchó muchas de sus conversaciones en ese momento.

他当时无意中听到了他们的许多对话。

Reconocieron plenamente todo lo que hacía la hermana.

他们完全认可了妹妹所做的一切。

Aunque solían estar molestos con ella a menudo.

尽管他们过去常常对她感到恼火。

Porque ella parecía ser una chica un tanto inútil.

因为她看起来像个有点没用的女孩。

Ahora eran ellos quienes esperaban al otro lado de la habitación.

现在轮到他们在房间的另一边等着了。

Y fue ella quien entró en la habitación a hacer todo.

是她走进房间，做了所有的事情。

Tan pronto como salió quisieron saberlo todo.

她一出来，他们就想知道一切。

Tenía que decirles exactamente cómo era la habitación.

她必须把房间的实际情况告诉他们。

¿Qué comió Gregor? ¿Cómo se comportó esta vez?

"格里高尔吃了什么？他这次表现如何？"

"¿Quizás se notó una ligera mejoría?"

"或许有轻微的改善可以注意到吗？"

La madre, por cierto, fue en realidad más valiente.

顺便说一句，母亲实际上更加勇敢。

Y por supuesto, era su propio hijo el que estaba dentro de la habitación.

当然，房间里的人正是她自己的儿子。

En realidad quería visitar a Gregor relativamente pronto.

她其实想尽快去看望格里高尔。

Pero al principio el padre y la hermana la frenaron.

但父亲和姐姐一开始阻止了她。

Le dieron argumentos muy racionales para que no fuera.

他们提出了非常合理的理由，劝她不要去。

Gregor escuchó con mucha atención sus razonamientos.

格里高尔非常认真地听着他们的推理。

Y él aceptó el razonamiento tanto como su madre.

他和母亲一样接受了这种解释。

Pero más tarde hubo que retenerla por la fuerza.

但后来，她不得不被强行拦住。

"¡Déjame entrar con Gregor, es mi desdichado hijo!"

"让我进去见格里高尔，他是我不幸的儿子！"

-¿No entiendes que tengo que ir a verlo?

"你不明白我必须去见他吗？"

Gregor también se dejó convencer por los argumentos de su madre.

格里高尔也被他母亲的话说服了。

Quizás tenía razón: sería bueno que entrara.

或许她是对的；如果她能进来就好了。

Venir a verlo todos los días sería demasiado.

每天都来看他实在太多了。

Pero verlo una vez a la semana podría ser suficiente.

但也许每周见他一次就足够了。

Ella podría entender las cosas mucho mejor que la hermana.

她可能比她姐姐更了解事情。

A pesar de todo su coraje, ella todavía era sólo una niña.

尽管她非常勇敢，但她终究只是个孩子。

Quizás la imprudencia infantil la impulsó a aceptar esa tarea.

或许是孩子气的鲁莽让她接受了这项任务。

Pero el deseo de Gregor de ver a su madre pronto se hizo realidad.

但格里高尔想见母亲的愿望很快就实现了。

Durante el día Gregor se mantenía alejado de la ventana.

白天，格里高尔总是远离窗户。

Lo hizo por consideración a sus padres.

他这样做是出于对父母的考虑。

No tenía mucho espacio para arrastrarse por el suelo.

他在地板上没有多少爬行的空间。

Le resultaba difícil permanecer quieto durante la noche.

他发现自己晚上很难保持静止不动。

Comer ya no le producía el más mínimo placer.

进食已经无法给他带来丝毫乐趣。

Por supuesto que tenía que encontrar alguna manera de distraerse.

他当然得找些事情来分散自己的注意力。

Para entretenerse se arrastraba por las paredes.

为了打发时间，他爬上爬下地打发时间。

Y también se arrastró por el techo, boca abajo.

他还倒挂着爬上了天花板。

Estaba especialmente feliz cuando colgaba del techo.

他尤其喜欢吊在天花板上。

Fue completamente diferente a estar tendido en el suelo.

这和躺在地板上完全不同。

Le resultó mucho más fácil respirar en esta posición.

他发现这种姿势呼吸顺畅多了。

Una ligera pero agradable vibración recorrió su cuerpo.

一股轻微而舒适的震动传遍了他的全身。

A veces incluso se relajaba demasiado en su felicidad.

有时他甚至过于沉浸在快乐之中。

A veces se distraía y se soltaba del techo.

他有时会分神，然后松开抓着天花板的手。

Y para su propia sorpresa, aterrizó de nuevo en el suelo.

令他自己都感到惊讶的是，他又落回了地面上。

Pero tenía mucho mejor control de su cuerpo que antes.

但他现在对自己的身体控制能力比以前好多了。

Para que ahora no se haga daño con caídas tan fuertes.

所以他现在不会因为摔得很重而受伤了。

La hermana notó inmediatamente el nuevo placer de Gregor.

妹妹立刻察觉到格里高尔脸上露出了新的笑容。

Y había restos de adhesivo donde se había arrastrado.

他爬行过的地方还有粘合剂的痕迹。

Aquí nuevamente la hermana pensó en el bienestar de Gregor.

姐姐又开始担心格里高尔的身体状况了。

Quizás apreciaría más espacio para gatear.

或许他会更喜欢有更多空间爬来爬去。

Y la idea se instaló firmemente en su cabeza.

这个想法在她脑海中根深蒂固。

Algunos de los muebles de gran tamaño impedían su libre movimiento.

一些大型家具阻碍了他的自由活动。

Ya no trabajaba así que no necesitaba el escritorio.

他已经不工作了，所以不再需要那张桌子了。

Y la caja ocupaba más espacio del necesario. ***

而且这个盒子占用的空间也比实际需要的要多。

La hermana no era capaz de mover estas cosas sola.

姐姐一个人搬不动这些东西。

Por supuesto que no se atrevió a pedirle ayuda al padre.

她当然不敢向父亲求助。

La criada seguramente tampoco la habría ayudado.

女佣也肯定不会帮她。

La nueva criada era de hecho un año más joven que ella.

新来的女佣实际上比她小一岁。

Ella había asumido valientemente el papel de ex sirvienta.

她勇敢地扮演了前女佣的角色。

Pero había un privilegio que ella insistía en tener.

但她坚持要享有一项特权。

Ella quería mantener la cocina cerrada en todo momento.

她想一直把厨房锁上。

Así que la hermana no tuvo más remedio que preguntarle a su madre.

所以妹妹别无选择，只好去问妈妈。

Con gritos de emocionada alegría la madre acudió a ayudar.

母亲带着激动的喜悦喊叫着过来帮忙。

Pero ella se quedó en silencio en la puerta de la habitación de Gregor.

但她在格雷戈尔的房门口沉默了。

La hermana comprobó que todo en la habitación estuviera bien.

姐姐检查了房间里的一切是否安好。

Gregor había tirado apresuradamente la sábana aún más fuerte.

格里高尔慌忙地把床单拉得更紧了。

Aunque la sábana todavía parecía colocada al azar.

虽然床单看起来仍然杂乱无章。

Y sólo entonces dejó que su madre entrara en la habitación.

直到那时，她才允许母亲进房间。

Gregor también se abstuvo de espiar desde debajo de la sábana.

格里高尔也没有躲在被子底下偷窥。

Decidió no volver a ver a su madre esta vez.

他决定这次不去看望母亲了。

Gregor estaba muy contento de que ella hubiera entrado.

格里高尔很高兴她能进来。

"Pasa, no puedes verlo", dijo la hermana.

"进来吧，你看不见他，" 姐姐说。

Gregor supuso que ella llevaba a su madre de la mano.

格里高尔以为她是牵着母亲的手。

Entonces escuchó a las dos mujeres débiles moviendo los muebles.

然后他听到两个虚弱的女人在搬动家具。

La hermana parecía reclamar la mayor parte del trabajo para ella misma.

妹妹似乎把大部分工作都揽到了自己身上。

Su madre temía que se esforzara demasiado.

她母亲担心她会过度劳累。

Pero la hermana no hizo caso a estas advertencias.

但妹妹对这些警告置若罔闻。

Pero incluso después de quince minutos el progreso era muy lento.

但即使过了十五分钟，进展仍然非常缓慢。

No habían conseguido mover los muebles muy lejos.

他们没能把家具搬得很远。

Poco a poco empezaron a sentir una sensación de derrota.

他们渐渐开始感到挫败。

La madre fue la primera en admitir la inutilidad.

母亲最先承认这是徒劳的。

"Quizás sería mejor dejar la caja aquí."

“或许最好把盒子留在这里。”

"La caja es demasiado pesada para que podamos moverla mucho más lejos".

“这个箱子太重了，我们搬不动了。”

"Y no terminaremos antes de que llegue tu padre."

“在你父亲到来之前，我们不会结束的。”

Dejar la caja aquí le bloquearía aún más el camino.

“把盒子留在这里会更加阻碍他的去路。”

"¿Y podemos estar seguros de que le estamos haciendo un favor?"

“我们能确定我们是在帮他吗？”

Comenzaron a pensar que bien podría ser cierto lo opuesto.

他们开始觉得，事实可能恰恰相反。

La visión de la pared vacía pesó mucho en su corazón.

空荡荡的墙壁让她心头沉甸甸的。

¿Quién diría que Gregor no se sentiría así también?

谁又能说格里高尔不会有这种感觉呢？

"Ya está acostumbrado a los muebles de su habitación."

他已经习惯了房间里的家具。

"Podría sentirse aún más abandonado en una habitación vacía".

“他待在空荡荡的房间里，可能会感到更加孤单。”

Para entonces su voz se había reducido casi a un susurro.

这时她的声音几乎低到了耳语的程度。

En realidad no sabía el paradero exacto de Gregor.

她其实并不知道格里高尔的确切下落。

Ella no quería ni siquiera que él escuchara el sonido de su voz.

她甚至不想让他听到她的声音。

Aunque ella estaba segura de que él no la entendía.

尽管她确信他并不理解她。

"¿No parecería como si lo hubiéramos abandonado por completo?"

"那岂不是说我们已经彻底放弃他了？"

"¿No sentirá que lo estamos dejando solo?"

"他不会觉得我们把他一个人丢下不管吗？"

"Deberíamos dejar la habitación exactamente como estaba".

"我们应该保持房间原样离开。"

"Al final Gregor volverá con nosotros como antes."

"格里高尔最终会像以前一样回到我们身边。"

"Entonces encontrará que todo sigue en su lugar."

"然后他会发现一切都还在原位。"

"Y olvidará mucho más fácilmente el período interino".

"而且他会更容易忘记那段过渡时期。"

Cuando Gregor escuchó estas palabras se dio cuenta de algo.

格里高尔听到这些话后，意识到了一件事。

Su mente se había vuelto confusa durante los últimos dos meses.

过去两个月里，他的思维变得混乱。

La falta de interacción humana no había sido buena para él.

缺乏人际交往对他来说并不好。

Realmente necesitaba la vida monótona en medio de su familia.

他确实需要和家人一起过那种单调的生活。

¿Por qué si no habría hecho una exigencia tan absurda?

否则他为什么会提出如此荒谬的要求？

¿Qué sentido tenía vaciar su habitación?

他清空房间究竟有什么意义呢？

La cómoda habitación amueblada con muebles heredados.

舒适的房间，摆放着祖传的家具。

¿Por qué querría convertir ese calor conocido en una cueva?

他为什么要把这熟悉的温暖变成一个洞穴呢？

Una cueva donde poder arrastrarse en todas direcciones en paz.

一个他可以安心地向各个方向爬行的山洞。

Pero una cueva en la que olvidó rápidamente su pasado humano.

但他在一个山洞里迅速忘记了自己的人类过去。

Tuvo que preguntarse si ya estaba cerca de olvidar.

他不禁怀疑自己是不是已经快要忘记了。

La voz de su madre lo había sacudido y lo había hecho recordar.

母亲的声音唤醒了他的记忆。

La voz que no había oído durante tanto tiempo.

这是他很久以来都没有听到的声音。

No había que quitar nada, todo tenía que quedar.

任何东西都不能移除；所有东西都必须保留。

Los muebles influyeron positivamente en su condición.

家具确实对他的病情产生了积极影响。

Y no podría vivir sin este ancla en el pasado.

没有了这份与过去的联系，他就无法生活下去。

Los muebles impedían que se arrastrara sin sentido.

家具挡住了他无意识地爬来爬去的路。

Pero eso no fue una pérdida, sino más bien una gran ventaja.

但这并非损失，而是一项巨大的优势。

Lamentablemente la hermana tenía una opinión muy diferente.

可惜的是，妹妹却持完全不同的意见。

Ella se había convertido en una especie de portavoz de Gregor.

她在某种程度上成了格雷戈尔的代言人。

Por supuesto que su opinión no era del todo injustificada.

当然，她的观点并非完全没有道理。

Pero aquí la opinión de su madre tuvo que ser contradicha.

但她母亲的观点在这里必须被驳斥。

Ahora no era solo la caja la que había que retirar.

现在需要搬走的不仅仅是那个箱子。

Ni su escritorio ni el armario podían permanecer allí.

他的书桌和衣柜也不能留下来。

Lo único imprescindible era el sofá.

唯一必不可少的就是那张沙发。

Ella no decidió esto sólo por desafío infantil.

她做出这个决定并非出于孩子气的叛逆。

Tampoco fue su recientemente adquirida confianza en sí misma.

也不是她最近才获得的自信。

La nueva confianza que tuvo que trabajar muy duro para ganar.

她重拾了自信，努力拼搏，最终赢得了比赛。

Aunque nadie esperaba que ella pudiera hacerlo.

尽管没有人预料到她能做到。

Gregor realmente necesitaba mucho espacio para gatear.

格雷戈尔确实需要很大的爬行空间。

Los muebles sólo limitaban el espacio del que disponía.

家具限制了他可用的空间。

Ella podía ver estas cosas mejor que la madre.

她比母亲看得更清楚这些事情。

Pero quizá su espíritu romántico también jugó un papel.

但或许她浪漫的天性也发挥了作用。

Las niñas de esa edad suelen desarrollar cierto entusiasmo.

那个年龄段的女孩往往会产生某种热情。

Y sienten la necesidad de salirse con la suya siempre que pueden.

他们总想方设法要达到自己的目的。

Quizás por eso quería sabotearlo en secreto.

或许这就是她想暗中破坏他计划的原因。

Es aún más aterrador cuando se arrastra por las paredes.

他爬墙的时候更可怕。

Los padres ya no se atrevían a entrar en la habitación.

父母再也不敢进那个房间了。

Ella realmente sería la única cuidadora de su hermano.

她将成为她弟弟唯一的监护人。

Ella no dejó que su madre la persuadiera de lo contrario.

她没有听从母亲的劝告。

La madre de Gregor ya se sentía incómoda en la habitación.

格雷戈尔的母亲在房间里已经感到不安了。

Pronto dejó de hablar y ayudó nuevamente a su hija.

她很快停止了说话，又去帮助女儿了。

Con las fuerzas que les quedaban retiraron el armario.

他们用尽最后的力气搬走了衣柜。

La cómoda era algo de lo que podía prescindir.

他并不需要那个五斗橱。

Pero el escritorio tendría que quedarse allí por el momento.

但这张桌子暂时只能留在这里了。

Mientras las mujeres estaban ausentes, trató de evaluar la habitación.

趁着女人们离开的时候，他试图评估一下房间的情况。

Y Gregor asomó la cabeza por debajo del sofá.

格里高尔从沙发底下探出头来。

Tenía que ver qué podía hacer con la situación.

他必须看看自己能为解决这个问题做些什么。

Pero fue lo más cuidadoso y considerado posible.

但他尽可能地谨慎周到。

Desgraciadamente fue la madre quien regresó primero.

不幸的是，先回来的是母亲。

Grete todavía estaba moviendo el armario en la habitación de al lado.

格雷特还在隔壁房间搬衣柜。

Pero la madre no estaba acostumbrada a ver a Gregor.

但母亲并不习惯见到格里高尔。

Incluso un simple vistazo a él podría haberla enfermado.

即使只是瞥见他一眼，也足以让她感到恶心。

Gregor se apresuró a retroceder hasta el otro extremo del sofá.

格里高尔赶紧向后退到沙发另一头。

Pero no podía retroceder y equilibrar la sábana.

但他无法后退，也无法保持床单的平衡。

El movimiento fue suficiente para llamar la atención de la madre.

这个动作足以引起母亲的注意。

Ella hizo una pausa y se quedó muy quieta por un breve momento.

她停顿了一下，静静地站了一会儿。

Luego se dio la vuelta y salió de la habitación.

然后她转身，走出了房间。

Gregor seguía diciéndose a sí mismo que no había ocurrido nada inusual.

格里高尔一直告诉自己，什么不寻常的事情都没发生。

"Son sólo algunos muebles que se han llevado".

“只是一些家具被搬走了。”

Pero pronto tuvo que admitir que los acontecimientos le afectaron.

但他很快不得不承认，这些事件对他产生了影响。

Las mujeres habían estado diciendo todo lo que estaban haciendo.

这些女人一直把她们正在做的事情都说了出来。

Habían estado caminando de un lado a otro por la habitación.

他们一直在房间里来回走动。

El rayado de todos los muebles en el suelo.

家具在地板上发出刮擦声。

Se sentía como si lo atacaran desde todos lados.

他感觉自己四面楚歌。

Apretó la cabeza y las piernas lo más fuerte que pudo.

他拼命地把头和腿缩进身体里。

Con todas sus fuerzas presionó su cuerpo contra el suelo.

他用尽全力将身体压在地上。

Sabía que no podría soportar todo esto por mucho más tiempo.

他知道自己无法再忍受这一切太久了。

Vaciaron su habitación y se llevaron todo lo que amaba.

他们清空了他的房间，拿走了他所有心爱的东西。

Ya se habían llevado la caja que contenía todas sus herramientas.

他们已经拿走了装有他所有工具的箱子。

Ahora estaban aflojando su pesado escritorio del suelo.

现在他们正在把他的重型办公桌从地面上抬起来。

El escritorio en el que había trabajado después de regresar del trabajo.

这是他下班回家后一直在使用的桌子。

El escritorio en el que había escrito sus tareas comerciales.

他用来撰写商务文件的桌子。

El escritorio en el que había hecho sus deberes en la escuela secundaria.

这是他中学时做作业用的那张桌子。

Sí, ya había tenido este pupitre en la escuela primaria.

是的，他在小学时就已经有这张桌子了。

Realmente no tuvo tiempo de confirmar sus buenas intenciones.

他实在没有时间去确认他们的善意。

Aunque ya casi había olvidado que estaban allí.

虽然他几乎都忘了他们的存在。

Porque trabajaban en silencio, por el cansancio.

因为他们精疲力竭，所以默默地工作着。

Estaban demasiado cansados para anunciar sus movimientos ahora.

他们太累了，现在无力宣布他们的行动。

Lo único que oyó fueron sus pesados pasos en el suelo.

他只听到他们沉重的脚步声。

Justo en ese momento estaban apoyados sobre la caja.

就在那时，他们正靠在箱子上。

Y entonces Gregor salió de debajo del sofá.

就在这时，格里高尔从沙发底下钻了出来。

Cambió la dirección en la que corría cuatro veces.

他四次改变了跑步方向。

No podía decidir qué elemento debía salvarse primero.

他无法决定应该先保存哪件物品。

De repente su atención se dirigió a la pared vacía.

突然，他的注意力被空荡荡的墙壁吸引住了。

Lo único que le quedó fue la fotografía de la dama con pieles.

他们留给他的只有那张身穿皮草的女士的照片。

Se arrastró hasta la imagen para presionar su cuerpo contra el de ella.

他爬到照片前，将身体贴在她身上。

Y su cuerpo cubrió completamente la vista de la imagen.

他的身体完全挡住了照片的视线。

El vaso lo sostuvo y reconfortó su vientre caliente.

玻璃杯支撑着他，也缓解了他滚烫的腹部。

Esta fotografía ya no se la pudieron quitar.

这张照片再也不能从他身上夺走了。

Luego giró la cabeza hacia la puerta de la sala de estar.

然后他转头看向客厅门口。

Iba a observar mientras las mujeres regresaban a la habitación.

他打算看着女人们回到房间。

Y no descansaron mucho antes de regresar nuevamente.

他们没休息多久就又回来了。

El brazo de Grete rodeaba a su madre para ayudarla a caminar.

格雷特搂着妈妈的肩膀，帮她走路。

"¿Qué nos llevamos ahora?" dijo Grete y miró a su alrededor.

"我们现在该拿些什么呢？"格雷特环顾四周问道。

Justo en ese momento su mirada se encontró con los ojos de Gregor.

就在那一刻，她的目光与格里高尔的目光相遇了。

A pesar del shock, mantuvo la presencia de ánimo.

尽管受到惊吓，她仍然保持了冷静。

Probablemente sólo por la presencia de su madre.

或许只是因为她母亲在场。

Ella inclinó su rostro hacia su madre, cubriéndole la vista.

她低下头看向母亲，遮住了自己的视线。

Y entonces dijo, aunque temblorosa y desconsiderada:

然后她颤抖着，不假思索地说：

-Vamos, ¿no deberíamos volver a la sala de estar?

“走吧，我们是不是该回客厅了？”

Gregor podía comprender fácilmente las intenciones de la hermana.

格里高尔很容易就能理解妹妹的意图。

Su primera prioridad fue poner a su madre a salvo.

她的首要任务是确保母亲的安全。

Pero luego ella iba a perseguirlo desde la pared.

但接下来她打算追着他从墙边下来。

«¡Pues claro que puede intentarlo!», pensó Gregor para sus adentros.

“嗯，她当然可以试试！”格里高尔心想。

Se sentó firmemente sobre su imagen y no renunció a ella.

他紧紧地坐在照片上，不肯松手。

Preferiría haberle saltado en la cara a la hermana.

他宁愿冲到妹妹面前揍她一顿。

Pero las palabras de Grete preocuparon aún más a su madre.

但格雷特的话让她的母亲更加担心。

Ella se hizo a un lado para ver lo que le ocultaban.

她侧身想看看究竟是什么被隐藏了起来。

Y vio la mancha marrón en el papel pintado floreado.

她看到了花纹壁纸上的褐色污渍。

Y ella gritó antes de darse cuenta de que era Gregor.

她还没意识到那是格里高尔就尖叫起来。

"Oh Dios", gritó con los brazos extendidos.

"哦，天哪！"她张开双臂尖叫道。

Y ella se dejó caer en el sofá como si se hubiera rendido.

她瘫倒在沙发上，仿佛放弃了一切。

—¡Gregor! —gritó la hermana levantando el puño.

"格里高尔！"姐姐一边喊着，一边举起拳头。

Y ella le dirigió una mirada larga, dura y penetrante.

她给了他一个漫长、犀利、意味深长的眼神。

Esta era la primera vez que hablaba con él directamente.

这是她第一次直接和他说话。

Corrió a la habitación de al lado para conseguir algunas sales aromáticas.

她跑到隔壁房间去拿醒神盐。

Tenía que devolverle la conciencia a su madre.

她必须把母亲唤醒。

Gregor quería ayudar, podría salvar la imagen más tarde.

格雷戈尔想帮忙，他可以以后再保存这张照片。

Pero él se había quedado firmemente pegado al cristal.

但他却牢牢地粘在了玻璃上。

Entonces tuvo que apartarse usando mucha fuerza.

所以他不得不使出浑身解数才挣脱开来。

Él también corrió a la habitación de al lado, donde estaba la hermana.

他也跑进了隔壁房间，妹妹就在那里。

En el pasado podría haberle dado algún consejo.

在过去，他或许可以给她一些建议。

Pero ahora no podía hacer nada más que quedarse de brazos cruzados y observar.

但现在他只能袖手旁观，无能为力。

Revolvió el cajón y abrió varias botellas.

她翻遍了抽屉，打开了各种各样的瓶子。

Y todavía la asustó cuando ella se dio la vuelta.

当她转身时，他仍然吓到了她。

Una botella cayó al suelo, se rompió y se astilló.

一个瓶子掉到地上，摔碎了，碎片四溅。

Una astilla de vidrio golpeó la cara de Gregor y lo hirió.

一块玻璃碎片击中了格里高尔的脸，使他受伤。

La botella contenía algún tipo de líquido cáustico.

瓶子里装的是某种腐蚀性液体。

Y ahora el líquido corrosivo quemaba la cara de Gregor.

现在，腐蚀性液体正在灼烧格里高尔的脸。

Sin embargo, la hermana no tenía tiempo para Gregor en ese momento.

然而，妹妹现在根本没空理会格里高尔。

Ella recogió tantas botellas como pudo.

她尽可能多地捡起了瓶子。

Y ella corrió de nuevo hacia su madre con la medicina.

她拿着药跑回了妈妈身边。

Ella cerró la puerta con el pie, dejando afuera a Gregor.

她用脚猛地把门踹上，把格雷戈尔拒之门外。

Ahora estaba separado de su madre, que estaba potencialmente moribunda.

他现在与可能即将离世的母亲失去了联系。

Si abriera la puerta, echaría a la hermana.

如果他打开门，就会把妹妹赶走。

Pero por supuesto tuvo que quedarse para cuidar a la madre.

但她当然要留下来照顾孩子的母亲。

Ya no podía hacer nada más que esperarlos.

他现在除了等待他们之外别无他法。

Acosado por el autorreproche y la ansiedad, comenzó a gatear.

他饱受自责和焦虑的折磨，开始爬行。

Se arrastró por todas partes: las paredes, los muebles, el techo.

他到处爬：墙壁、家具、天花板。

Sintió como si toda la habitación girara a su alrededor.

他感觉整个房间都在围绕着他旋转。

Finalmente, desesperado y mareado, volvió a caer.

最后，他绝望而眩晕，跌倒在地。

Y cayó justo encima de la gran mesa del comedor.

他直接摔倒在了餐厅的大桌子上。

Pasó algún tiempo tendido allí, entumecido e incapaz de moverse.

他躺在那里好一会儿，麻木而无法动弹。

Estaba exhausto por todo lo que el día le había traído.

他被今天发生的一切搞得筋疲力尽。

Todo estaba tranquilo, pero tal vez eso era una buena señal.

周围一片寂静，但这或许是个好兆头。

Entonces, rompiendo el silencio, sonó el timbre de la puerta de afuera.

这时，外面的门铃响了，打破了寂静。

La criada, por supuesto, se había encerrado en su cocina.

当然，女佣把自己锁在了厨房里。

Así que la hermana era la única que podía abrir la puerta.

所以只有姐姐才能开门。

"¿Qué pasó?" fue lo primero que preguntó el padre.

“发生了什么事？”父亲问的第一句话就是这个。

La aparición de Grete probablemente le había dicho todo.

格雷特的外表或许已经告诉了他一切。

La voz de Grete se volvió apagada y apagada mientras hablaba.

格雷特说话时声音变得低沉沙哑。

Ella debió haber presionado su cara contra el pecho de su padre.

她一定把脸贴在了父亲的胸膛上。

"La madre estaba inconsciente, pero ahora se siente mejor".

“母亲当时昏迷不醒，但现在感觉好多了。”

—Gregor ha escapado —añadió, tal como él esperaba.

“格里高尔逃走了，”她补充道，这正合他意。

"Siempre te dije que algún día se escaparía."

“我一直都跟你说过，他总有一天会逃出去。”

—Pero vosotras, las mujeres, no quisisteis escucharme, ¿verdad?

“但是你们女人根本不想听我的话，对吧？”

Gregor se dio cuenta rápidamente de cómo vería las cosas su padre.

格里高尔很快就意识到他父亲会如何看待事物。

Había malinterpretado el mensaje demasiado breve de Grete.

他误解了格雷特过于简短的信息。

Supuso que Gregor había cometido algún acto de violencia.

他认定格里高尔犯下了某种暴力行为。

Gregor tenía que encontrar una manera de apaciguar a su padre de alguna manera.

格里高尔必须想办法安抚他的父亲。

Porque no tuvo tiempo de explicarle las cosas.

因为他没有时间向他解释。

Pero de todos modos no habría podido explicar las cosas.

但他无论如何也无法解释清楚。

Entonces huyó hacia la puerta y se pegó a ella.

于是他逃到门口，紧紧贴着门。

De esa manera su padre podría verlo desde la antesala.

这样他父亲就能从前厅看到他了。

Y podría ver que tenía las mejores intenciones.

这样他就能明白对方的出发点是好的。

No había necesidad de empujarlo con una escoba.

完全没必要用扫帚把他推回去。

Lo único que el padre habría tenido que hacer era abrir la puerta.

父亲只需要打开门就行了。

Pero él no estaba de humor para notar tales sutilezas.

但他当时没心情注意这些细微之处。

"¡Ahí estás!" exclamó nada más entrar.

"你在这儿啊！"他一进门就喊道。

Era como si estuviera enojado y feliz al mismo tiempo.

他似乎既愤怒又高兴。

Echó la cabeza hacia atrás y miró al padre.

他向后仰头，看向父亲。

No se había imaginado que su padre estuviera allí así.

他从未想过父亲会这样站在那里。

Pero en los últimos tiempos había encontrado una nueva distracción.

但最近他找到了新的消遣方式。

Gatear ahora ocupaba gran parte de su día.

现在，他每天的大部分时间都花在了爬行上。

Antes, él estaba al tanto de todas las novedades que ocurrían en el apartamento.

以前，他会关注公寓里的所有新闻。

Pero últimamente no había estado prestando tanta atención.

但他最近并没有太在意。

Debería haber estado preparado para afrontar los cambios.

他本应做好应对变化的准备。

Sin embargo, ¿era este hombre que tenía delante todavía el padre?

然而，眼前这个人还是他的父亲吗？

¿Era él el mismo hombre que solía yacer cansado en su cama?

他还是以前那个疲惫地躺在床上的人吗？

Cuando Gregor ya se había ido de viaje de negocios.

当时格里高尔已经出差了。

¿Era él el mismo hombre que lo saludaba por las noches?

他还是晚上迎接他的那个人吗？

Cuando estaba en bata en su sillón.

当时他穿着睡袍，坐在扶手椅上。

¿Era el mismo hombre que no pudo levantarse a darle la bienvenida?

他还是那个连起身迎接他都做不到的人吗？

Entonces, permaneciendo sentado, levantó el brazo en señal de alegría.

于是，他仍然坐着，举起手臂表示高兴。

¿Era el mismo hombre con el que salía a caminar de vez en cuando?

他还是以前那个偶尔和他一起散步的人吗？

En raras ocasiones: algunos domingos al año o días festivos.

极少数情况下：一年中的几个星期天，或者节假日。

¿Era el mismo hombre que caminaba envuelto en su abrigo?

他还是那个裹着大衣走路的人吗？

¿Avanzó lentamente, entre la madre y él?

他是否缓慢地艰难前行，夹在母亲和他之间？

Y ellos ya caminaban lentamente por causa de él.

他们因为他的缘故，已经走得很慢了。

Pero ahora este hombre estaba de pie, fuerte y erguido.

但现在这个人却挺直了腰杆，昂首挺胸。

Estaba vestido con un uniforme azul con botones dorados.

他身穿蓝色制服，上面有金色纽扣。

Botones que llevan los empleados de las instituciones bancarias.

银行职员佩戴的纽扣。

Por encima del rígido cuello emergía su fuerte papada.

在硬挺的衣领上方，他棱角分明的双下巴显露出来。

Bajo sus pobladas cejas se asomaban sus ojos negros.

他浓密的眉毛下，一双黑眼睛向外望去。

Ahora sus ojos parecían penetrantes, frescos y alertas.

现在他的眼神显得锐利、清澈、机敏。

El cabello blanco, anteriormente despeinado, fue peinado hacia abajo.

原本凌乱的白发被梳理整齐。

Y su cabello ahora tenía una meticulosa raya central.

他的头发现在一丝不苟地梳成了中分。

Arrojó su sombrero, que estaba adornado con un monograma dorado.

他扔掉了帽子，帽子上绣着金色的字母组合图案。

Probablemente era el monograma del banco en el que trabajaba.

那很可能是他所在银行的标志。

Y el sombrero aterrizó en el sofá, para guardarlo más tarde.

帽子落在了沙发上，打算稍后再收起来。

Empujó hacia atrás la parte inferior de la larga chaqueta del uniforme.

他把长款制服外套的下摆往后捋了捋。

Y metió los pulgares en los bolsillos de sus pantalones.

他把大拇指插进了裤兜里。

Y luego, con cara sombría, caminó hacia Gregor.

然后，他面色凝重地走向格里高尔。

Probablemente ni siquiera sabía lo que planeaba hacer.

他可能根本不知道自己打算做什么。

Pero aún así levantó los pies inusualmente alto.

但他却异常高地抬起了双脚。

Gregor estaba asombrado por el enorme tamaño de sus botas.

格里高尔对自己的靴子尺寸之大感到惊讶。

Pero realmente no había tiempo para maravillarse con sus zapatos.

但他实在没有时间去欣赏他的鞋子。

El padre había decidido aplicar una disciplina muy estricta.

父亲决定对孩子实行非常严格的管教。

Para Gregor sólo era apropiada la mayor severidad.

只有最严厉的惩罚才配适用于格里高尔。

Él lo sabía desde el primer día de su transformación.

从他转变的第一天起，他就知道这一点。

Corrió hacia su padre y se detuvo cuando él se detuvo.

他跑向他父亲，父亲停下来时，他也停了下来。

Corrió hacia él nuevamente cuando se movió de nuevo.

他一动，他就又朝他跑了过去。

El padre se detuvo un momento y Gregor también.

父亲停顿了一会儿，格里高尔也停顿了一会儿。

Y corrió hacia adelante nuevamente tan pronto como su padre se movió.

父亲一动，他就立刻又冲了上去。

De esta manera dieron varias vueltas alrededor de la habitación.

他们就这样绕着房间转了好几圈。

Nadie había conseguido aún ninguna ventaja decisiva.

目前还没有任何一方取得决定性优势。

No se podría haber tenido la impresión de una persecución.

人们根本无法产生追逐的印象。

Porque todo el acontecimiento se estaba produciendo demasiado lentamente.

因为整个过程进展得太慢了。

Gregor había decidido quedarse en tierra.

格里高尔决定留在地面上。

Podría haber corrido por las paredes y a lo largo del techo.

他本可以沿着墙壁和天花板奔跑。

Pero no quería provocar al padre innecesariamente.

但他不想无谓地激怒这位父亲。

Una huida así podría haber parecido especialmente perversa.

这样的逃脱或许会显得格外邪恶。

Gregor admitió que esta persecución no podía durar mucho más.

格雷戈尔承认，这场追逐不可能持续太久了。

Cada paso debía ir acompañado de una miríada de movimientos.

每一步都需要配合各种各样的动作。

Ya empezaba a sentir falta de aire.

他已经开始感到呼吸困难了。

Incluso antes nunca había tenido unos pulmones completamente confiables.

甚至在此之前，他的肺就从未完全可靠过。

Avanzó tambaleándose, guardando sus fuerzas para la carrera.

他跟跄着向前走，把力气留到最后跑。

Estaba tan cansado que apenas podía mantener los ojos abiertos.

他累得几乎睁不开眼了。

Sus pensamientos se volvieron demasiado lentos para pensar en otras escapatorias.

他的思维变得迟钝，无法想到其他逃脱方法。

Casi había olvidado que los muros estaban a su disposición.

他几乎忘记了墙壁可以供他利用。

Pero de todos modos las paredes estaban ocultas detrás de los muebles.

但墙壁反正都被家具遮住了。

Y los muebles tenían demasiadas muescas y protuberancias.

而且家具上有太多凹槽和凸起。

Y luego, justo a su lado, rodando, había una manzana.

然后，就在他旁边，滚落着一个苹果。

La manzana debió haberle sido arrojada, se dio cuenta.

他意识到，那苹果一定是别人扔向他的。

Pero no tuvo tiempo de pensar antes de que llegara otra manzana.

但他还没来得及思考，又一个苹果就飞了过来。

Gregor se quedó paralizado por la nueva estrategia del padre.

格里高尔对父亲的新策略感到震惊，愣在了原地。

Ya no podía ganar nada intentando huir.

他再想逃跑也得不到任何好处了。

El padre había decidido bombardearlo con fruta.

父亲决定用水果轰炸他。

Se había llenado los bolsillos con lo que había en el frutero de la cocina.

他从厨房的水果碗里掏出东西，装满了口袋。

Sin apuntar especialmente, lanzó manzana tras manzana.

他漫不经心地扔着苹果，一个接一个地扔。

Estas pequeñas manzanas rojas rodaban por el suelo.

这些小红苹果在地上滚来滚去。

Como si estuvieran electrificadas, las manzanas chocaron entre sí.

仿佛触电一般，苹果们互相碰撞起来。

Una de las manzanas lanzadas débilmente rozó la espalda de Gregor.

其中一颗软弱无力的苹果擦伤了格里高尔的背。

Afortunadamente para él, la manzana se deslizó sin sufrir daño.

幸运的是，那个苹果滑落下来，没有伤到他。

Sin embargo, la manzana lanzada después fue más precisa.

然而，随后扔出的苹果却更精准。

Y esta manzana se alojó profundamente en la espalda de Gregor.

这颗苹果深深地嵌进了格里高尔的背里。

Gregor quería alejarse del dolor.

格里高尔想要摆脱痛苦。

Quizás se pueda escapar de este nuevo e increíble dolor.

或许可以摆脱这种难以置信的全新痛苦。

Quizás un cambio de ubicación aliviaría su agonía.

或许换个地方能减轻他的痛苦。

Pero se sentía como si lo hubieran clavado al suelo.

但他感觉自己像被钉在了地板上一样。

Se estiró, pero sólo debido a su confusión.

他伸展了一下身体，但这只是因为他感到困惑。

Sólo con su última mirada vio que la puerta se abría.

直到最后一眼，他才看到门开了。

La madre corrió hacia su hermana, que gritaba.

母亲冲到尖叫的妹妹前面。

La hermana la había desnudado, por lo que estaba en camisa.

姐姐脱掉了她的衣服，所以她只穿着衬衫。

Había necesitado respirar en su inconsciencia.

她在昏迷中需要喘息的空间。

Todavía veía cómo la madre corría hacia el padre.

他仍然看到母亲向父亲跑去。

Sus faldas se deslizaron hasta el suelo, una tras otra.

她的裙子一件接一件地滑落到地上。

La vio acercarse al padre y tropezar con su falda.

他看到她走向父亲，却被裙子绊倒了。

Abrazándolo, pidió que le perdonaran la vida a Gregor.

她拥抱了他，请求饶恕格里高尔的性命。

En completa unión con su cuerpo, su vista falló.

与身体完全融为一体后，他的视力也丧失了。

第三部分

Gregor sufrió la grave lesión durante más de un mes.

格雷戈尔遭受重伤长达一个多月。

La manzana quedó incrustada; nadie se atrevió a sacarla.

苹果仍然嵌在里面，没有人敢把它取下来。

La manzana permaneció en su carne como un recordatorio visible.

那颗苹果还留在他的肉里，成为一个显而易见的提醒。

Pero la manzana también sirvió como recordatorio para el padre.

但这个苹果也提醒了父亲。

Se dio cuenta de que no debía tratar a Gregor como a un enemigo.

他意识到不应该把格里高尔当作敌人对待。

Actualmente su apariencia puede ser triste y repugnante.

他现在的外表可能既可怜又令人厌恶。

Pero aún así, seguía siendo un miembro de su familia.

但即便如此，他仍然是他们家庭的一员。

Había que aceptar la reticencia y tolerarla.

这种不情愿不得不强忍下去。

Debido a su herida, es posible que haya perdido su movilidad para siempre.

由于受伤，他很可能永远失去行动能力。

Todavía gateaba por su habitación, pero mucho más lento.

他仍然在房间里爬来爬去，但速度慢了很多。

Arrastrarse a cualquier altura estaba fuera de cuestión.

在任何高度爬行都是绝对不可能的。

Pero Gregor recibió algún tipo de compensación.

但格雷戈尔确实获得了一些补偿。

Por la noche se le abrió la puerta del salón.

晚上，有人为他打开了客厅的门。

Y consideró que estas reparaciones eran completamente adecuadas.

他认为这些赔偿完全足够了。

Antes del anochecer ya había empezado a vigilar la puerta.

傍晚之前，他就开始盯着门口了。

Él yacía en la oscuridad, invisible desde la sala de estar.

他躺在黑暗中，从客厅里根本看不见他。

Pudo ver a toda la familia en la mesa iluminada.

他可以看到全家人都围坐在灯光璀璨的餐桌旁。

Ahora se le permitió escuchar sus conversaciones.

他现在被允许偷听他们的谈话。

Esto fue bastante diferente a su arreglo anterior.

这和他们之前的安排截然不同。

Las animadas conversaciones de tiempos pasados habían terminado.

过去那种热闹的谈话氛围已经结束了。

Éstas eran las conversaciones que tanto anhelaba.

这正是他过去一直渴望的那种对话。

Cuando dormía solo en pequeñas habitaciones de hotel.

当时他独自一人睡在狭小的旅馆房间里。

Cuando tuvo que arrojarse entre las sábanas húmedas.

他只好把自己埋进潮湿的被窝里。

Pero ahora las tardes eran en su mayoría tranquilas y sin acontecimientos.

但如今的夜晚大多平静无事。

El padre se quedó dormido en su sillón después de cenar.

晚饭后，父亲在扶手椅上睡着了。

Y la madre y la hermana se animaban mutuamente a guardar silencio.

母亲和妹妹互相劝对方安静下来。

La madre, inclinada hacia la luz, cosía lino.

母亲俯身靠近灯光，缝制亚麻布。

Ahora ella hace vestidos para una de las tiendas de moda.

她现在为一家时装店制作服装。

Al igual que Gregor, la hermana había conseguido un trabajo como vendedora.

和格里高尔一样，妹妹也找到了一份售货员的工作。

Ella estaba aprendiendo taquigrafía y francés por las tardes.

她晚上学习速记和法语。

Para que más adelante pudiera tal vez conseguir un mejor puesto de trabajo.

这样她以后或许能找到更好的工作。

A veces el padre se despertaba de sus siestas nocturnas.

有时父亲会从晚间午睡中醒来。

"¡Cariño, ya llevas un buen rato cosiendo hoy!"

"亲爱的，你今天已经缝纫了这么久了！"

Parecía haber olvidado que había estado durmiendo.

他似乎忘记了自己刚才一直在睡觉。

Pero inmediatamente volvió a caer en un sueño profundo.

但他随即又睡着了。

Y la madre y la hermana se sonrieron cansadamente.

母亲和妹妹疲惫地对视了一眼。

El padre había desarrollado una extraña y nueva terquedad.

父亲变得异常固执。

Incluso en casa se negó a quitarse el uniforme de sirviente.

即使在家中，他也拒绝脱下仆人制服。

Y su bata colgaba inútilmente en la percha.

他的睡袍无力地挂在衣架上。

Así pues, el padre dormía, completamente vestido, en su sillón.

于是，父亲穿着整齐的衣服，睡在了扶手椅上。

Era como si siempre estuviera dispuesto a prestar su servicio.

他仿佛随时准备为人民服务。

Como si estuviera esperando la voz de su superior.

仿佛他只是在等待上级的指示。

Esto provocó que su uniforme perdiera su limpieza.

这导致他的制服变得不干净了。

Aunque el uniforme tampoco era nuevo cuando lo recibió.

虽然他拿到这套制服的时候，它也不是新的了。

Y la madre hizo todo lo posible para cuidar el uniforme.

母亲尽力照料这件制服。

Gregor pasaba tardes enteras mirando este uniforme.

格里高尔整晚都在盯着这套制服看。

Observó cómo el anciano dormía de manera muy incómoda.

他看着老人睡得很不舒服。

Pero mientras dormía también notó algo pacífico.

但在睡梦中，他也注意到了一些平静的事物。

Cuando el reloj dio las diez la madre intentó despertarlo.

时钟敲响十点时，母亲试图叫醒他。

Ella habló en voz baja y lo convenció de ir a la cama.

她轻声细语地劝他去睡觉。

Porque dormir en el sillón no era dormir de verdad.

因为在扶手椅上睡觉并不是真正的睡眠。

Iba a tener que empezar a trabajar a las seis en punto.

他六点钟就要开始工作了。

Así que realmente necesitaba dormir lo mejor posible.

所以他真的需要尽可能睡个好觉。

Pero una nueva forma de terquedad se apoderó de él.

但他却被一种新的固执所控制。

Convertirse en sirviente había comenzado a tener ese efecto en él.

成为仆人之后，他开始有了这种变化。

Así que siempre insistía en quedarse más tiempo en la mesa.

所以他总是坚持要在餐桌旁待更久。

Aunque con regularidad volvía a quedarse dormido en su silla.

虽然他经常又在椅子上睡着了。

Y sólo con la mayor dificultad pudo ser movido.

他很难被移动。

Tuvieron que decirle que la cama sería mejor para él.

必须有人告诉他，那张床对他来说更合适。

Madre y hermana tuvieron que insistir con pequeñas advertencias.

母亲和姐姐不得不反复劝说，几乎没有任何警告。

Durante quince minutos se limitó a menear lentamente la cabeza.

十五分钟里，他只是缓缓地摇了摇头。

Y mantuvo los ojos cerrados y se negó a levantarse.

他紧闭双眼，不肯起身。

La madre tiró de su manga, suavemente, pero con firmeza.

母亲轻轻但坚定地拉了拉他的袖子。

Y ella susurró palabras halagadoras en sus oídos cansados.

她凑到他疲惫的耳边，低声说着奉承的话。

La hermana abandonó la tarea que tenía entre manos para ayudar a su madre.

妹妹放下手头的事情去帮助母亲。

Pero ninguno de sus esfuerzos funcionó con el padre.

但他们的所有努力都未能说服父亲。

Se hundió aún más en su silla, preparado para dormir.

他陷进椅子里更深了，准备睡觉。

Y finalmente las mujeres lo agarraron por las axilas.

最后，女人们抓住了他的腋下。

Abrió los ojos y los miró alternativamente.

他睁开眼睛，来回看着他们。

"¡Qué vida ésta!" se quejó al irse a dormir.

"这算什么生活啊，"他上床睡觉前抱怨道。

"¿Es esta la paz que me ha sido dada en mi vejez?"

这就是我晚年所得到的平静吗？

Pero entonces, apoyándose en las dos mujeres, se levantó torpemente.

但随后，他倚着两个女人，笨拙地站了起来。

Actuó como si llevara la carga más pesada.

他表现得好像自己肩负着最沉重的负担。

Dejó que las dos mujeres lo guiaran hasta el final de la habitación.

他任由两个女人领着他走到房间尽头。

Allí les deseó buenas noches y continuó su camino.

他向他们道了晚安，然后独自继续前行。

Pero la madre rápidamente arrojó su kit de costura.

但母亲却慌忙地把针线包扔在了地上。

Y la hermana también dejó el bolígrafo y el bloc de notas.

姐姐也放下了笔和笔记本。

Y corrieron detrás del padre para ayudarle aún más.

他们跟在父亲身后，想进一步帮助他。

¿Quién en esta familia sobrecargada de trabajo tenía tiempo para Gregor?

在这个工作繁忙的家庭里，谁还有时间陪伴格雷戈尔？

¿Quién podría haberle prestado más atención de la necesaria?

谁会对他给予过多的关注呢？

El presupuesto familiar se fue restringiendo cada vez más.

家庭预算变得越来越紧张。

Al final, para ahorrar dinero, tuvieron que despedir a la criada.

最终，为了省钱，他们不得不解雇了女佣。

Fue reemplazada por una mujer de cabello blanco y huesos gruesos.

她被一位体格健壮、头发花白的女人取代了。

Pero esta mujer venía sólo por la mañana y por la tarde.

但这位女士只在早晨和晚上来。

Y todo el trabajo más pesado y duro quedó guardado para ella.

所有最繁重、最艰苦的工作都留给了她。

La madre se encargaba de todos los demás quehaceres.

其他家务活都由母亲负责。

Incluso ocurrió que se vendieron varias joyas familiares.

甚至连一些家族珠宝也被变卖了。

Joyas que las mujeres lucieron felizmente durante las celebraciones.

这些首饰是女人们在庆祝活动中欣然佩戴的。

Gregor aprendió esto en una de las discusiones generales.

格里高尔是从一次闲聊中得知这件事的。

La mayor queja, sin embargo, fue otra.

然而，最大的抱怨却是另一件事。

El apartamento era demasiado grande, pero no podían mudarse.

公寓太大了，但他们又搬不出去。

No había manera de que pudieran reubicar a Gregor.

他们不可能转移格雷戈尔的住处。

Pero Gregor se dio cuenta de que no era sólo una consideración.

但格里高尔意识到，这不仅仅是考虑的问题。

Algo más les impidió mudarse a otro lugar.

还有别的原因阻止了他们搬到其他地方。

Podría haber sido fácilmente transportado en una caja adecuada.

他完全可以装在合适的箱子里运送。

Sus sentimientos de completa desesperanza los frenaron.

他们感到彻底绝望，这阻碍了他们的前进。

No querían admitir que la desgracia les había golpeado.

他们不愿承认自己遭遇了不幸。

Lo que el mundo exige de los pobres, ellos lo cumplen.

世界对穷人的要求，他们都做到了。

El padre le preparó el desayuno al pequeño empleado del banco.

父亲给小银行职员买了早餐。

La madre se sacrificó por la ropa de desconocidos.

这位母亲为了帮陌生人洗衣服而牺牲了自己。

La hermana corría de un lado a otro para atender los pedidos de los clientes.

妹妹来回跑着去取顾客的订单。

Pero ya no tenían fuerzas para hacer más.

但他们实在没有力气再做下去了。

La herida en la espalda de Gregor comenzó a doler aún más.

格雷戈尔背上的伤口开始剧烈疼痛起来。

Cada noche, la madre y la hermana llevaban al padre a la cama.

每天晚上，母亲和姐姐都会把父亲抱到床上。

Dejaron su trabajo donde estaba y se sentaron juntos.

他们放下手中的工作，坐在一起。

Y se acercaron más y se sentaron mejilla contra mejilla.

于是他们靠得更近了，脸贴着脸坐了下来。

La madre señaló la habitación desde donde él observaba.

母亲指着他观看的房间。

"¿Podrías cerrar la puerta?" le preguntó a la hermana.

她问妹妹：“请你把门关上好吗？”

Y entonces Gregor se quedó solo otra vez en la oscuridad.

然后，格里高尔又一次独自一人留在了黑暗中。

Y en la habitación de al lado la mujer mezcló sus lágrimas.

隔壁房间里，女人将她们的眼泪混在了一起。

O bien se quedaban sentados con los ojos secos, simplemente mirando la mesa.

或者他们面无表情地坐在那里，只是盯着桌子。

Gregor apenas durmió, ni de noche ni de día.

格里高尔几乎彻夜未眠，白天也好，晚上也好。

A menudo pensaba en cómo podría ayudar a la familia.

他经常想着自己能如何帮助这个家庭。

Pensó en ganar dinero nuevamente para ellos.

他想着要再次挣钱养家。

Pensó en hacer lo que solía hacer por ellos.

他想着要不要像以前那样为他们做点什么。

En sus pensamientos regresó el representante autorizado.

他脑海中浮现出授权代表回来的画面。

Y esta vez el jefe también vino al apartamento.

这次老板也来了公寓。

Y los oficinistas y los aprendices también estaban allí.

职员和学徒们也都在场。

Incluso el lento empleado de la oficina vino a verlo.

就连反应迟钝的办公室职员都来看他了。

Había dos o tres amigos de otros negocios.

还有两三个来自其他公司的朋友。

Una de las camareras de un hotel de provincias.

一位来自外省酒店的客房服务员。

Un recuerdo querido y fugaz al que intentó aferrarse.

他试图留住一段美好而短暂的回忆。

Una cajera de una sombrerería para quien tenía intenciones.

他曾对一家帽子店的收银员有过一段情。

Pero había sido un poco lento en ganar su aprobación.

但他赢得她的认可还是慢了一点。

Todos ellos aparecieron en sus pensamientos, mezclados con desconocidos.

他们都出现在他的脑海中，与陌生人混杂在一起。

Y otros no aparecieron, ya estaban olvidados.

还有一些人没有出现；他们已经被遗忘了。

Pero no le ayudaron a él ni tampoco a la familia.

但他们既没有帮助他，也没有帮助他的家人。

Eran inaccesibles y él se alegró cuando se fueron.

他们遥不可及，他们离开时他很高兴。

No siempre estaba de humor para preocuparse por la familia.

他并非总是有心情去关心家人。

Y se llenó de rabia por la falta de atención.

他因为无人关注而怒火中烧。

Y no podía imaginar nada que le apeteciera.

他想象不出自己会对什么东西有胃口。

Pero aún así hizo planes para entrar en la despensa.

但他仍然计划闯入食品储藏室。

Y él iba a tomar todo lo que se merecía.

他要拿回他应得的一切。

La hermana ya no hacía ningún esfuerzo especial por él.

姐姐不再对他格外殷勤了。

Ella ya no pasaba el tiempo pensando en complacerlo.

她不再花时间想着如何取悦他。

Antes de ir a trabajar, rápidamente metió algo de comida en la habitación.

上班前，她匆匆忙忙地把一些食物推进了房间。

Y por la noche volvió a barrer rápidamente la comida.

晚上，她又迅速地把食物扫了回去。

Ya no se daba cuenta de si había comido o no.

她不再在意他是否吃过东西了。

En la actualidad, la mayoría de las veces la comida se dejaba intacta.

现在，食物往往一口都没动。

Ella todavía barría rápidamente la habitación por la noche.

晚上她依然迅速地扫视着房间。

Pero ahora hizo lo mínimo, lo más rápido posible.

但现在她只做了最少的工作，而且速度越快越好。

Quedaron vetas de suciedad corriendo por las paredes.

墙上留下了道道污渍。

Bolas de polvo y basura quedaron tiradas en el suelo.

地板上散落着一团团灰尘和垃圾。

Gregor mostró su desaprobación por su falta de cuidado.

格里高尔对她缺乏细心表示不满。

Se giró en un ángulo particularmente significativo.

他以一个非常特殊的角度转过身。

Pero podría haber permanecido en el puesto durante semanas.

但他本可以在这个位置上待上好几个星期。

Su hermana no habría notado su insatisfacción.

他的妹妹不会注意到他的不满。

Ella veía la suciedad tan bien como él, o incluso mejor.

她对污垢的观察和他一样清楚，甚至可能更清楚。

Pero ella había decidido dejar la tierra donde estaba.

但她决定把泥土留在原地。

En ese momento adoptó una sensibilidad completamente nueva.

那时她培养了一种全新的感性。

Ella había hecho de la limpieza de la habitación de Gregor su responsabilidad.

她把打扫格里高尔的房间当成了自己的责任。

La familia se sintió conmovida por su amable consideración.

她的善良体贴深深感动了全家人。

Una vez, la madre le había dado a su habitación una limpieza a fondo.

有一次，母亲彻底打扫了他的房间。

Sólo después de utilizar unos cuantos baldes de agua lo consiguió.

她用了好几桶水才成功。

Sin embargo, la nueva humedad en la habitación perjudicó a Gregor.

然而，房间里新出现的潮湿环境却伤害了格里高尔。

Y él yacía ancho, amargado e inmóvil en el sofá.

他双腿大张，面色阴沉，一动不动地躺在沙发上。

Pero ese fue sólo su primer castigo por ayudar.

但这只是她因帮忙而受到的第一次惩罚。

La hermana notó rápidamente el cambio en la habitación de Gregor.

妹妹很快注意到格里高尔房间的变化。

Y ella corrió a la sala, extremadamente insultada.

她气愤地跑进客厅。

Su madre levantó las manos y trató de implorarle.

她母亲举起双手，试图恳求她。

Pero a pesar de una explicación sincera, ella rompió a llorar.

尽管她做出了真诚的解释，但她还是嚎啕大哭起来。

El padre, por supuesto, se sobresaltó y se levantó de la silla.

父亲当然被吓得从椅子上跳了起来。

Y los dos padres miraban asombrados e impotentes.

两位家长在一旁看着，既震惊又无助。

Y con el tiempo sus emociones también se agitaron.

最终，他们的情绪也变得激动起来。

El padre reprochó a la madre lo que había hecho.

父亲责备母亲所做的事。

"Deberías haber dejado la habitación para que Grete la limpiara."

"你应该把房间留给格蕾特打扫。"

Grete le gritó a la madre por limpiar su habitación.

格雷特冲着打扫他房间的妈妈大喊大叫。

"¡Nunca más podrás limpiar su habitación!"

你以后永远都不准再打扫他的房间了！

La madre intentó arrastrar al padre al dormitorio.

母亲试图把父亲拖进卧室。

La hermana se quedó en la habitación, temblando y sollozando.

妹妹被独自留在房间里，浑身颤抖，哭泣不止。

Y golpeó la mesa con sus pequeños puños.

她用小拳头捶打着桌子。

Y Gregor, enojado, siseó fuertemente contra todos ellos.

格里高尔愤怒地冲着他们所有人发出嘶嘶声。

¿Por qué a nadie se le ocurrió cerrarle la puerta?

为什么没有人想到要帮他关上门？

Podrían haberle ahorrado esta vista y este ruido.

他们本可以让他免受这些景象和噪音的侵扰。

La hermana estaba agotada después de llegar a casa del trabajo.

姐姐下班回家后筋疲力尽。

Y cuidar a Gregor era aún más trabajo para ella.

照顾格里高尔对她来说更是难上加难。

Pero eso no significaba que la madre debía haberlo hecho.

但这并不意味着母亲就应该这样做。

A Gregor, por el contrario, no hay que descuidarlo.

另一方面，格里高尔则不应被忽视。

Pero ahora tenían una nueva criada que podía hacer esas cosas.

但现在他们有了个新女佣，可以做这些事了。

Una viuda anciana que tenía una estructura ósea robusta.

一位骨骼强健的老寡妇。

Una estatura que la ayudó a sobrevivir a su difícil vida.

正是这份高贵的气质帮助她在艰难的生活中生存了下来。

Ella no sentía ninguna aversión real hacia la apariencia de Gregor.

她对格里高尔的外貌并没有真正的反感。

Ella había abierto accidentalmente la puerta de la habitación de Gregor.

她不小心打开了格雷戈尔房间的门。

No fue por ninguna curiosidad particular sobre la habitación.

并非出于对房间的特别好奇。

Ella simplemente estaba haciendo su trabajo y por casualidad abrió la puerta.

她当时只是在做她的工作，碰巧打开了门。

Gregor, por supuesto, quedó completamente sorprendido por ella.

当然，格里高尔对她感到非常惊讶。

No lo perseguían, sino que corría de un lado a otro.

他并没有被追赶，但他来回跑动。

Y ella simplemente cruzó sus brazos y lo observó gatear.

她只是抱起双臂，看着他爬行。

Desde entonces ella siempre le abría un poquito la puerta.

从那以后，她总是会给他留一条缝隙。

Una mañana ella entró para ver cómo estaba.

一天早上，她进去看了看他的情况。

Y por la tarde ella fue a ver cómo estaba antes de irse.

晚上她离开前还去看望了他。

Al principio ella también intentó llamarlo para que viniera con ella.

起初她还试图叫他过来。

"¡Ven aquí, viejo escarabajo pelotero!", solía decir.

"过来，老粪金龟！" 她过去常这样说。

O ella dijo, "¡mira ese viejo escarabajo pelotero!", amigablemente.

或者她友好地说："看，那只老粪金龟！"

Gregor nunca reaccionó cuando le hablaron de esa manera.

格里高尔对别人那样跟他说话从来没有回应过。

Él permaneció allí, sin moverse, y la ignoró.

他一动不动地站在那里，对她不理不睬。

"Si le hubieran dicho cómo hacer correctamente su trabajo."

"要是有人告诉她如何正确地完成工作就好了。"

"En lugar de molestarme debería limpiar mi habitación."

"与其来烦我，她不如去打扫我的房间。"

Una mañana temprano una fuerte lluvia golpeó las ventanas.

一天清晨，一场暴雨拍打着窗户。

Quizás la lluvia ya era una señal de la llegada de la primavera.

或许这场雨已经预示着春天即将到来。

La criada comenzó a hablarle de esa manera una vez más.

女仆又开始用那种方式跟他说话了。

Gregor estaba tan amargado que se giró para mirarla.

格里高尔非常愤恨，他转过身面对她。

Era lento y débil, pero fue una especie de ataque.

他行动迟缓，身体虚弱，但这算是一种攻击。

La criada, sin embargo, no tenía ningún miedo de Gregor.

然而，女仆却一点也不害怕格里高尔。

En lugar de eso, levantó una silla que estaba cerca de la puerta.

她没有搬椅子，而是搬起了门口附近的一把椅子。

Y ella permaneció allí, tranquilamente, con la boca abierta.

她站在那里，神态平静，嘴巴大张着。

Sus intenciones eran claras, incluso Gregor podía verlo.

她的意图很明确，连格里高尔都能看出来。

Y se giró, lentamente, a su posición original.

他缓缓地转过身，回到了原来的位置。

—Entonces no quieres acercarte más, ¿verdad?

"所以你不想再靠近了，是吗？"

Y silenciosamente volvió a poner la silla en la esquina.

她静静地把椅子放回角落里。

Gregor ya casi no comía nada.
格里高尔几乎什么都不吃了。
A veces, mientras caminaba por la habitación, se detenía.
有时，他在房间里踱步时会停下来。
Y se encontró junto a la comida preparada para él.
他发现自己站在为他准备的食物旁边。
Se llevó la comida a la boca, pero sólo para jugar con ella.
他把食物放进嘴里，但只是为了玩弄它。
Y muy a menudo lo escupía de nuevo al cabo de unas horas.
而且他经常过几个小时又把食物吐出来。
Trató de encontrar una razón para su falta de apetito.
他试图找出自己食欲不振的原因。
Quizás porque estaba triste por el estado de su habitación.
或许是因为他对自己房间的状况感到难过。
Pero ya se había adaptado a los cambios que se producían en
la habitación.
但他已经接受了房间里的变化。
Recientemente su habitación se había convertido en una
especie de almacén.
最近他的房间变成了储藏室。
Se habían acostumbrado a dejar las cosas allí.
他们已经养成了把东西留在那里的习惯。
Y ahora quedaban muchas cosas así en su habitación.
现在他的房间里还剩下了很多这样的东西。
Porque una habitación del apartamento estaba alquilada.
因为公寓里有一间房间租出去了。
Tres caballeros serios alquilaban la habitación juntos.

三位认真负责的男士合租了这间房间。

Gregor los vio una vez a través de una rendija en la puerta.

格里高尔有一次透过门缝看到了他们。

Llevaban barbas pobladas y estaban vestidos meticulosamente.

他们蓄着浓密的胡须，衣着考究。

Eran escrupulosos en mantener todo ordenado.

他们一丝不苟地保持着整洁。

Su insistencia en el orden no se limitaba a su habitación.

他们对整洁的执着并不仅限于他们的房间。

Todo el apartamento tenía que mantenerse perfectamente limpio.

整套公寓必须保持一尘不染。

Eran aún más exigentes con el aspecto de la cocina.

他们对厨房的装修要求更高。

Y no podían tolerar ningún desorden innecesario.

他们无法容忍任何不必要的杂物。

También habían traído consigo sus propios muebles.

他们还自带了家具。

Por esta razón muchas cosas se habían vuelto superfluas.

因此，许多东西都变得多余了。

Eran cosas por las que nadie pagaría dinero.

这些东西没人会花钱买。

Pero la familia tampoco quería deshacerse de estas cosas.

但家人也不想丢弃这些东西。

Todas estas cosas fueron a parar a la habitación de Gregor.

这些东西最终都进了格里高尔的房间。

El cajón de cenizas de la cocina ahora estaba guardado en su habitación.

厨房的烟灰缸现在放在他的房间里。

Y la basura se guardaba en su habitación hasta el día de la basura.

垃圾一直堆放在他的房间里，直到收垃圾的日子才清理。

La criada arrojó todo lo que no necesitaba en su habitación.

女佣把她不需要的东西都扔进了他的房间。

Afortunadamente no vio más que la mano y el objeto.

幸运的是，他只看到了那只手和那个东西。

Probablemente tenía la intención de volver a buscar las cosas más tarde.

她可能打算晚点再回来取那些东西。

O tal vez quería tirarlo todo de una vez.

或许她想一次性把所有东西都扔掉。

Sin embargo, todo permaneció donde había quedado al principio.

然而，一切都还停留在它最初落脚的地方。

A menos que Gregor moviera la basura moviéndose a través de ella.

除非格雷戈尔钻过那些杂物，把它们挪开。

Al principio se vio obligado a arrastrarse entre toda la basura.

起初他只能在垃圾堆里爬来爬去。

No tenía posibilidad de evitarlo.

他别无选择，只能这样做。

Pero más tarde realmente encontró placer en esta actividad.

但后来他却从这项活动中找到了乐趣。

Aunque tal esfuerzo lo dejó triste y profundamente cansado.

虽然这样的努力让他感到悲伤和疲惫不堪。

Y después no pudo moverse durante muchas horas.

之后他好几个小时都动弹不得。

Los inquilinos a veces comían en la sala de estar.

房客们有时会在客厅里吃饭。

La puerta del salón permanecía cerrada esas noches.

那些晚上，客厅的门一直关着。

Pero a Gregor no le resultó difícil no abrir la puerta.

但格里高尔现在毫不费力地就没开门。

Incluso cuando la puerta estaba abierta, no siempre miraba hacia afuera.

即使门开着，他也不总是向外看。

Pero él se acostó en el rincón más oscuro de la habitación.

但他却躲到了房间最黑暗的角落里。

La familia tampoco notó su falta de atención.

家人也没有注意到他注意力不集中。

Pero hubo una vez que la criada dejó la puerta abierta.

但有一次，女佣忘记关门了。

La puerta permaneció abierta incluso cuando los inquilinos regresaron.

即使房客回来后，门仍然敞开着。

Y la puerta estaba abierta cuando se encendió la luz.

打开灯的时候，门是开着的。

El hombre se sentó a la mesa donde la familia cenaba.

男人坐在家人吃饭的桌子旁。

Allí se sentaron en el pasado el padre, la madre y Gregor.

很久以前，父亲、母亲和格里高尔就坐在那里。

Desplegaron las servilletas y cogieron cuchillos y tenedores.

他们展开餐巾，拿起刀叉。

La madre apareció en la puerta con un plato de carne.

母亲端着一碗肉出现在门口。

Entonces la hermana entró con un cuenco lleno de patatas.

然后姐姐端着一碗土豆走了进来。

Los inquilinos se inclinaron sobre los cuencos colocados delante de ellos.

房客们弯下腰，对着摆在面前的碗吃饭。

El humo denso de la comida les llegaba hasta la nariz.

食物冒出的浓烟呛得他们直冒鼻涕。

Pero aún no habían decidido si comerían la comida.

但他们还没决定是否要吃这些食物。

Quizás enviarían la comida de vuelta a la cocina.

或许他们会把饭菜送回厨房。

El hombre sentado en el medio parecía ser la autoridad.

坐在中间的那个人看起来像是权威人士。

Cortó la carne para determinar si estaba lo suficientemente tierna.

他切开肉来判断它是否足够嫩。

Estaba satisfecho con el olor y el aspecto de la comida.

他对食物的香味和色香味都很满意。

La madre y la hermana los observaban ansiosamente.

母亲和姐姐一直焦急地看着她们。

Y empezaron a sonreír con un suspiro de alivio.

他们长舒一口气，脸上露出了久久的笑容。

La propia familia iba a comer en la cocina.

一家人打算在厨房吃饭。

Pero primero el padre fue a ver cómo estaban los inquilinos.

但父亲首先去查看了房客的情况。

Hizo una reverencia, sosteniendo en su mano su gorra de trabajo.

他鞠了一躬，手里拿着工作用的帽子。

Y caminó en círculo alrededor de la mesa, hacia cada invitado.

他绕着桌子走了一圈，走到每位客人面前。

Todos los inquilinos se pusieron de pie y murmuraron algo entre dientes.

房客们都站了起来，对着胡须低声嘟囔着。

Después de que él se fue, comieron en un silencio casi absoluto.

他离开后，他们几乎全程沉默地吃完了饭。

A Gregor le pareció extraño que pudiera oír la masticación.

格里高尔觉得很奇怪，他竟然能听到咀嚼声。

Ningún otro aspecto de la alimentación parecía emitir ningún sonido.

进食过程中其他方面似乎都没有发出任何声音。

Pero podía oír claramente el rechinar de los dientes.

但他能清楚地听到牙齿摩擦的声音。

Parecían decirle que necesitaba dientes para comer.

他们似乎在告诉他，他需要牙齿才能吃东西。

"No puedes hacer nada si tus mandíbulas no tienen dientes".

"如果你的下巴没有牙齿，你就什么也做不了。"

"Me gustaría comer algo", dijo Gregor ansiosamente.

"我想吃点东西，"格里高尔焦急地说。

"Pero no tengo apetito para lo que están comiendo".

"但我对你们吃的东西一点胃口都没有。"

"Mira cómo comen estos huéspedes y yo aquí muriéndome de hambre".

"看看这些房客吃什么，而我却在这里挨饿。"

Aquella noche Gregor pensó por casualidad en el violín.

那天晚上，格里高尔碰巧想到了小提琴。

No había oído el violín desde la transformación.

自从那次变身之后，他就再也没听过小提琴声了。

Pero entonces, esta noche, se oyó un ruido desde la cocina.

但是，就在今天晚上，厨房里传来了一个声音。

Los caballeros ya habían terminado su cena.

先生们已经用完了晚餐。

El caballero del medio había comenzado a leer un periódico.

中间那位先生开始读报纸。

Les había dado a los otros dos caballeros una hoja a cada uno.

他给了另外两位先生每人一张床单。

Y ahora estaban recostados, leyendo y fumando.

现在他们靠在椅背上，一边看书一边抽烟。

Cuando el violín empezó a sonar, se pusieron atentos.

小提琴响起时，他们都集中注意力听了起来。

Se levantaron y caminaron de puntillas hacia la puerta de la antesala.

他们站起身，踮着脚尖走到前厅门口。

Allí estaban, acurrucados juntos, escuchando desde la puerta.

他们挤在一起，站在门口侧耳倾听。

La familia debió haber escuchado a los hombres desde la cocina.

家人肯定是从厨房里听到了男人的声音。

Porque el padre los llamó y les preguntó;

因为父亲呼唤他们，问他们；

¿Acaso el violín resulta incómodo para los caballeros?

"小提琴对先生们来说可能不太舒服吗？"

"Si no te gusta la música podemos parar inmediatamente."

"如果你不喜欢这种音乐，我们可以立刻停止。"

"Al contrario", dijo el centro de los caballeros.

"恰恰相反，"中间那位先生说道。

"¿Le gustaría a la señorita tocar el violín en nuestra habitación?"

"这位小姐愿意来我们房间拉小提琴吗？"

"Definitivamente es mucho más cómodo y acogedor aquí".

"这里确实舒适得多。"

El padre respondió como si fuera el propio violinista.

父亲的回答仿佛他自己就是那位小提琴手。

"Oh, por favor, eso sería maravilloso", exclamó el padre.

"哦，那真是太好了！"父亲喊道。

Los caballeros regresaron a la sala de estar y esperaron.

两位先生回到客厅等候。

Pronto el padre entró en la habitación con el atril.

很快，父亲抱着乐谱架进了房间。

La madre entró en la habitación con el libro de música.

母亲拿着乐谱走进了房间。

Y la hermana entró en la habitación con el violín.

妹妹抱着小提琴走进了房间。

Ella preparó todo con calma para tocar el violín.

她镇定自若地做好了演奏小提琴的一切准备。

Los padres exageraron su cortesía y modales.

父母们过分夸大了他们的礼貌和举止。

Nunca antes habían alquilado habitaciones a huéspedes.

他们以前从未将房间出租给房客。

Y ni siquiera se atrevieron a sentarse en sus propias sillas.

他们甚至不敢坐在自己的椅子上。

En lugar de sentarse, el padre se apoyó contra la puerta.

父亲没有坐下，而是倚靠在门上。

Su mano derecha estaba entre dos botones de su abrigo.

他的右手放在外套的两颗纽扣之间。

Sin embargo, un caballero le ofreció una silla a la madre.

然而，一位绅士给这位母亲提供了一把椅子。

Pero ella se sentó donde el caballero había colocado la silla.

但她还是坐在了那位先生放置椅子的地方。

Y no había colocado la silla en ningún lugar determinado.

他并没有特意把椅子放在什么地方。

Así que la madre se sentó apartada de todos, en un rincón.

于是，母亲独自一人坐在角落里。

Y finalmente la hermana empezó a tocar el violín.

最后，妹妹开始拉小提琴。

Los padres, en lados opuestos, prestaron mucha atención.

双方家长虽然分属不同阵营，但都密切关注着事态发展。

Y observaban atentamente cada movimiento de su mano.

他们仔细观察着她手的每一个动作。

Gregor también se sentía atraído por la interpretación del violín.

格里高尔也被小提琴演奏所吸引。

Y se aventuró a salir de su habitación un poco más lejos.

于是他冒险走出房间，又往前走了一小段路。

Él ya estaba con la cabeza dentro de la sala.

他当时已经把头探进了客厅。

Solía enorgullecerse de ser muy considerado.

他过去一直以自己非常体贴周到而感到自豪。

Pero últimamente casi no cuestiona su falta de cuidado.

但最近他几乎没有质疑过自己的疏忽。

Aunque ahora tenía más motivos para esconderse que antes.

尽管他现在比以前更有理由躲藏起来。

Porque su habitación estaba cubierta de polvo y suciedad diversa.

因为他的房间里满是灰尘和各种污垢。

El más leve movimiento levantaba todo tipo de suciedad.

哪怕最轻微的动静都会扬起各种各样的污秽。

Toda esa suciedad se le pegó: polvo, pelo, restos de comida.

他身上沾满了污垢：灰尘、毛发、食物残渣。

Podría haber frotado la suciedad contra la alfombra.

他本可以把污垢在地毯上蹭掉。

Esto era algo que solía hacer varias veces al día.

这是他过去每天都会做好几次的事情。

Pero su indiferencia hacia todo era demasiado grande.

但他对一切事物的漠不关心实在太过强烈。

Así que no tuvo miedo de avanzar un poco más.

所以他并不害怕再向前迈进一步。

Y se trasladó al inmaculado suelo de la sala de estar.

然后他走到客厅一尘不染的地板上。

Sin embargo, nadie se dio cuenta ni le prestó atención.

然而，没有人注意到他，也没有人理会他。

La familia estaba completamente absorta en el concierto.

一家人完全沉浸在音乐会中。

Los caballeros, por el contrario, inicialmente se retiraron.

另一方面，这些先生们最初选择了退缩。

Y se quedaron cerca, detrás del atril de la hermana.

他们就站在姐姐的乐谱架后面。

Si hubieran mirado habrían podido ver las notas musicales.

如果他们仔细看，就能看到音符了。

Esto, por supuesto, habría perturbado a la hermana.

这当然会让妹妹感到不安。

Luego se quedaron de pie junto a la ventana, en lugar de sentarse.

然后他们站在窗边，而不是坐下。

Con las manos en los bolsillos seguían hablando.

他们双手插在口袋里，继续交谈。

Permanecieron allí mientras el padre observaba ansiosamente.

他们就那样待在那里，父亲焦急地看着。

Uno tenía la impresión de que tenían otras expectativas.

人们感觉他们另有打算。

Y realmente parecía como si se hubieran decepcionado.

他们看起来确实很失望。

Parecía que ya estaban hartos de la actuación.

他们似乎已经厌倦了这场表演。

Habían permitido que el violín perturbara su paz.

他们竟然让小提琴声打扰了他们的宁静。

Y sólo toleraban la música por cortesía.

他们只是出于礼貌才容忍这种音乐。

Lo que más me desconcertó fue cómo expulsaron el humo.

他们吹散烟雾的方式尤其令人不安。

Y aún así, tocaba el violín maravillosamente.

然而，她的小提琴拉得却那么美妙。

Su rostro estaba inclinado suavemente hacia un lado, sobre el violín.

她的脸微微侧向一边，贴着小提琴。

Sus ojos buscaban con tristeza las líneas musicales.

她的目光悲伤地沿着乐谱的线条搜寻着。

Gregor se sintió atraído un poco más hacia la sala de estar.

格雷戈尔感觉自己被客厅更吸引住了。

Mantuvo la cabeza cerca del suelo, pero miró hacia arriba.

他低着头，但目光却向上看去。

Tal vez de esta manera la mirada de su hermana podría encontrarse con la suya.

或许这样他就能和妹妹的目光相遇了。

¿Puede realmente decirse que era sólo un animal?

真的能说他只是个动物吗？

¿Era un animal si la música podía cautivarlo tanto?

如果音乐能如此吸引他，那他是不是动物？

Sintió como si le mostraran un camino hacia una alimentación desconocida.

他感觉自己仿佛被指引了一条通往未知滋养的道路。

Quizás éste era el sustento que le faltaba.

或许这就是他所缺乏的营养。

Estaba decidido a dirigirse hacia su hermana.

他决心要找到他的妹妹。

Quería tirar de su falda para llamar su atención.

他想拽拽她的裙子来引起她的注意。

Quería darle una indicación de una invitación.

他想给她一个邀请的信号。

"Ven a tocar el violín en mi habitación", quiso decir.

他想说：“来我房间拉小提琴吧。”

Él quería que ella fuera recompensada por su hermosa música.

他希望她能因其美妙的音乐而获得奖励。

"Aquí nadie te recompensa por tocar el violín".

“这里没有人会因为你拉小提琴而奖励你。”

Él ya no quería dejarla salir de su habitación.

他不想再让她离开他的房间了。

Él quería que ella permaneciera con él mientras viviera.

他希望她能陪伴他直到生命的尽头。

Por primera vez su transformación tuvo un beneficio.

他的转变第一次带来了好处。

Su deformidad finalmente iba a serle útil.

他的残疾最终将对他有所帮助。

Quería estar en las cuatro puertas simultáneamente.

他想同时出现在四个门口。

Quería silbarles y escupirles desde todos los ángulos.

他恨不得从各个角度朝他们发出嘶嘶声和唾沫。

Su hermana no debería verse obligada a quedarse con él.

不应该强迫他的妹妹和他住在一起。

Él quería que ella eligiera quedarse con él voluntariamente.

他希望她能自愿选择留在他身边。

Ella iba a sentarse a su lado e inclinarse hacia él.

她打算坐在他旁边，俯身靠近他。

Y le iba a contar sobre la escuela de música.

他正打算告诉她关于音乐学校的事。

Tenía la firme intención de enviarla a la academia.

他决心送她去那所学院。

Se lo habría contado a todo el mundo la pasada Navidad.

去年圣诞节他肯定会把这件事告诉所有人。

¿Ya había llegado y pasado realmente la Navidad?

圣诞节真的已经过去了吗？

Y no habría dejado que nadie le disuadiera de ello.

他绝不会允许任何人劝阻他。

Pero entonces el desafortunado accidente lo detuvo todo.

但随后那场不幸的意外让一切都戛然而止。

La hermana se habría sentido abrumada por la emoción.

妹妹当时一定会情绪激动不已。

Y entonces Gregor se habría subido hasta su hombro.

然后格里高尔就会爬到她的肩膀上。

Y la habría consolado besándole el cuello.

他会亲吻她的脖子来安慰她。

—¡Señor Samsa! —gritó el hombre del medio al padre.

"萨姆萨先生！"中间的男人向父亲喊道。

Señalaba con su dedo índice hacia Gregor.

他用食指指着格里高尔。

Gregor se movía lentamente por el suelo de la sala de estar.

格雷戈尔缓缓地穿过客厅的地板。

El sonido del violín se silenció muy rápidamente.

小提琴声很快停止了。

El del medio de los tres hombres sonrió a sus amigos.

三人中的中间那人朝他的朋友们笑了笑。

Luego meneó la cabeza y volvió a mirar a Gregor.

然后他摇了摇头，回头看了看格里高尔。

El padre podría haber obligado a Gregor a regresar a su habitación.

父亲本可以强迫格里高尔回到他的房间。

Pero esa no fue la primera acción que decidió tomar.

但这并非他首先决定采取的行动。

Pensó que era más importante calmar a los caballeros.

他认为安抚这些先生们更为重要。

Aunque en realidad no estaban molestos en absoluto por Gregor.

虽然他们其实并没有因为格里高尔而感到生气。

Gregor parecía más entretenido que tocar el violín.

格雷戈尔似乎比小提琴演奏更有趣。

Corrió hacia ellos con los brazos extendidos.

他张开双臂，冲向他们。

Estaba intentando hacer lo mejor que podía para ocultar su visión de Gregor.

他竭尽全力掩盖他们对格里高尔的看法。

Y trató de animarlos a regresar a su habitación.

他试图劝他们回到房间里。

En realidad, esto los hizo enfadar un poco.

这反而让他们有点恼火。

Pero era difícil decir exactamente qué les molestaba.

但很难说究竟是什么惹恼了他们。

El padre estaba arruinando la diversión de la noche.

父亲破坏了当晚的娱乐活动。

Pero también acababan de enterarse de su nuevo compañero de piso.

但他们也刚刚得知自己有了新的室友。

Levantaron las manos tal como lo había hecho el padre.

他们像父亲一样举起了手。

Exigieron una explicación inmediata al padre.

他们要求父亲立即做出解释。

Se tiraron inquietos de la barba esperando una respuesta.

他们焦躁地揪着胡须，想要找到答案。

Y retrocedieron hasta su habitación, pero muy lentamente.

他们慢慢地往回走，回到了自己的房间。

La interrupción había dejado a la hermana en trance.

这次打断使妹妹陷入了恍惚状态。

Dejó que el violín y el arco colgaran a su lado.

她任由小提琴和琴弓垂在身侧。

Y ella miraba la partitura como si todavía estuviera tocando.

她看着乐谱，仿佛还在演奏一样。

Pero de repente ella regresó a la habitación.

但她随即又猛地回到了房间里。

Y ahora había superado el sentimiento de estar perdida.

她现在已经克服了迷茫感。

Ella colocó el instrumento musical en el regazo de su madre.

她把乐器放在母亲的腿上。

La madre estaba sentada en la silla, respirando con dificultad.

母亲坐在椅子上，呼吸沉重。

Y entonces la hermana tuvo que correr a la habitación de al lado.

然后妹妹不得不跑到隔壁房间去。

Tenía que dejar todo listo para los caballeros.

她得为这两位先生做好一切准备。

Ella arrojó las mantas y los cojines al aire.

她把毯子和靠垫抛向空中。

Y con sus manos expertas dispuso toda la ropa de cama.

她用灵巧的双手整理好了所有的床铺。

Terminó antes de que los caballeros llegaran a la habitación.

她完事的时候，那几位先生还没到房间。

Y ella se escabulló antes de interponerse en su camino.

她趁他们不注意溜走了。

El padre parecía estar dominado por su propia terquedad.

这位父亲似乎被自己的固执所控制。

Y así olvidó todo respeto que debía a sus inquilinos.

于是，他忘记了对房客应有的所有尊重。

Empujó y empujó hasta que su portavoz se opuso.

他不断施压，直到对方发言人提出反对。

Al llegar a la puerta, dio una patada furiosa.

他走到门口时，愤怒地跺了跺脚。

Y con esto logró detener al padre.

于是，他让父亲哑口无言。

"Por la presente declaro", comenzó dirigiéndose a su propietario.

"我在此声明，"他开始对房东说道。

Y levantó la mano, mirando a toda la familia.

他举起手，环视着全家人。

"En cuanto a las repugnantes condiciones de la habitación;"

"关于房间里令人作呕的状况；"

Y se aseguró de que todos escucharan sus palabras.

他确保所有人都认真听他讲话。

"Por la presente, le comunico que desocuparé mi habitación".

"我特此通知，我将腾空我的房间。"

Y reiteró su punto escupiendo en el suelo.

他甚至还朝地上吐了口唾沫，以进一步表明自己的立场。

"Tampoco pagaré por los días que he vivido aquí."

"我也不会为我在这里生活的日子付出代价。"

Sin embargo, no estaba completamente satisfecho con este reembolso.

然而，他对这笔退款并不完全满意。

"Y consideraré hacer otras demandas contra usted."

"我还会考虑向你提出其他要求。"

Créeme, tales exigencias serán muy fáciles de justificar.

"相信我，这样的要求很容易就能找到理由。"

Él permaneció en silencio y miró directamente al padre.

他沉默不语，直直地看着父亲。

Parecía estar esperando que sucediera algo más.

他似乎在期待接下来会发生什么事。

De hecho, sus dos amigos inmediatamente tuvieron la misma idea.

事实上，他的两个朋友也立刻想到了同样的事情。

"También estamos cancelando nuestras habitaciones", dijeron al unísono.

他们异口同声地说："我们也取消了预订。"

Luego agarró la manija de la puerta y cerró la puerta.

然后他抓住门把手，关上了门。

Y con un fuerte estruendo se encerraron en su habitación.

然后，他们砰的一声关上了门，把自己锁在了房间里。

El padre se tambaleó hasta su silla con manos torpes.

父亲跟跄着走到椅子旁，双手摸索着。

Y se dejó caer en la silla, derrotado.

他颓然地跌坐在椅子上，彻底败下阵来。

Parecía como si fuera a echar su siesta vespertina habitual.

他看起来像是要像往常一样睡个午觉。

Pero su cabeza asintió casi como si no tuviera apoyo.

但他的头却几乎像是没有支撑似的，不停地点着。

Y se podía ver que no estaba durmiendo en absoluto.

很明显，他根本没睡着。

Durante todo este tiempo Gregor no se había movido de su sitio.

在这整个过程中，格里高尔始终没有离开他的位置。

Todavía estaba donde los caballeros lo habían visto por primera vez.

他仍然待在两位先生最初见到他的地方。

Incluso si hubiera querido moverse, le resultó imposible.

即使他想搬家，也发现不可能。

Por su decepción, o por su hambre.

或许是因为失望，或许是因为饥饿。

Estaba decepcionado por el fracaso de su plan.

他的计划失败让他感到失望。

Y estaba débil por el hambre prolongada que sentía.

他因为长期饥饿而感到虚弱。

Estaba seguro de que en cualquier momento todos se volverían contra él.

他确信所有人随时都会与他反目成仇。

Con esta expectativa de colapso inminente, esperó.

怀着这种即将崩溃的预期，他等待着。

El violín empezó a deslizarse del regazo de la madre.

小提琴开始从母亲的腿上滑落。

Con un sonido resonante el violín cayó al suelo.

小提琴"砰"的一声掉在了地上。

Pero ni siquiera ese repentino ruido estrepitoso lo sobresaltó.

但就连这突如其来的巨响也没能吓到他。

«Queridos padres», dijo la hermana, «esto no puede continuar».

"亲爱的父母，"妹妹说，"这样下去不能再这样下去了。"

Y golpeó la mesa con la mano para dejar claro su punto.

为了强调自己的观点，她猛地一拍桌子。

"No diré el nombre de mi hermano delante de este monstruo".

"我不会在这个怪物面前说出我哥哥的名字。"

"Por eso lo digo lo más claramente posible:"

"所以我才尽可能直截了当地说："

"No tenemos otra opción que deshacernos de este animal".

"我们别无选择，只能除掉这只动物。"

"Hicimos lo mejor que pudimos para tolerar y cuidar a este animal".

"我们尽力包容和照顾这只动物。"

"No creo que nadie pueda culparnos en lo más mínimo".

"我认为任何人都没有丝毫理由责怪我们。"

"Tiene mil veces razón", asintió el padre.

"她说的完全正确，"父亲赞同道。

La madre aún no había recuperado del todo el aliento.

母亲仍然没有完全恢复呼吸。

Ella empezó a toser sordamente en su mano, respirando con dificultad.

她开始用手捂着嘴，发出闷闷的咳嗽声，呼吸也变得沉重起来。

Y una expresión de locura comenzó a surgir en sus ojos.
她的眼中开始浮现出疯狂的神色。

La hermana corrió hacia su madre y le sujetó la frente.
妹妹冲到母亲身边，捂住额头。

El padre pareció inspirarse en las palabras de la hermana.
父亲似乎被妹妹的话所感动。

Y sus pensamientos parecían ser más claros que antes.
他的思路似乎比以前更清晰了。

Dejó de asentir con la cabeza y volvió a sentarse derecho.
他停止点头，重新坐直了身子。

Y jugaba con la gorra de sirviente, sumido en sus pensamientos.
他若有所思地把玩着仆人的帽子。

Los platos de los inquilinos todavía estaban sobre la mesa.
租户们用过的盘子还留在桌子上。

Y a veces miraba hacia el silencioso Gregor.
他有时会看向沉默不语的格里高尔。

"Tenemos que intentar deshacernos de él", le dijo la hermana.
“我们必须想办法摆脱它，”姐姐告诉他。

La madre estaba demasiado ocupada tosiendo como para escuchar.
母亲咳嗽不止，根本没听见。

"Los matará a ambos, ya lo veo venir."
“这会要了你们俩的命，我已经预感到了。”

"No podemos seguir trabajando tan duro como lo hacemos todos."
“我们不可能都继续像现在这样努力工作。”

"Y cada día tenemos que volver a casa y encontrarnos con esta tortura."

"我们每天都得回家面对这种折磨。"

"No podemos soportarlo más. No puedo soportarlo."

"我们再也无法忍受了。我再也无法忍受了。"

Ella cayó ante su madre en un último estallido de lágrimas.

她最后嚎啕大哭，扑进了母亲的怀里。

Las lágrimas cayeron por su rostro y sobre el de su madre.

泪水顺着她的脸颊滑落，滴在了她母亲的脸上。

Y se secó las lágrimas con un movimiento mecánico.

她机械地擦掉了眼泪。

"Hijo mío", dijo el padre con voz compasiva.

"我的孩子，"父亲用充满怜悯的语气说道。

Había profunda simpatía y comprensión en su voz.

他的声音里充满了深切的同情和理解。

«Pero ¿qué debemos hacer?», confesó no saberlo.

"可是我们该怎么办呢？"他坦言自己也不知道。

La hermana simplemente se encogió de hombros con impotencia.

姐姐无奈地耸了耸肩。

Y su confianza anterior fue reemplazada nuevamente por lágrimas.

她之前的自信再次被泪水取代。

«Si nos entendiera», dijo el padre en voz alta.

"要是他能理解我们就好了，"父亲自言自语道。

Y se preguntó si tal vez Gregor entendía.

他不禁怀疑格里高尔是否听懂了。

La hermana simplemente sacudió su mano violentamente mientras lloraba.

姐姐一边哭一边用力甩着手。

Y entonces ella señaló que no se debía pensar en esa idea.

于是她示意大家不要考虑这个想法。

«¡Si nos comprendiera!», repitió el padre.

"可是，如果他能理解我们就好了，"父亲重复道。

Cerrando los ojos consideró la respuesta de la hermana.

他闭上眼睛，思考着妹妹的回答。

"Si lo entendiera se podría llegar a un acuerdo con él."

"如果他明白这一点，就可以和他达成协议。"

"Pero estando las cosas como están..."

"但鉴于目前的情况……"

"Tiene que irse", gritó la hermana, "es la única manera".

"它必须离开，"姐姐喊道，"这是唯一的办法。"

"Tienes que deshacerte de la idea de que es Gregor".

"你必须摒弃他是格里高尔的想法。"

"Que lo hayamos creído durante tanto tiempo es nuestra verdadera desgracia."

"我们竟然这么久都相信了这件事，这才是我们真正的不幸。"

«¿Pero cómo puede ser Gregor?», le preguntó a su padre.

"可是怎么会是格里高尔呢？"她问父亲。

"Sabía que un animal así no podía coexistir con los humanos".

"他知道这种动物无法与人类共存。"

Gregor nos habría abandonado hace mucho tiempo, voluntariamente.

"格里高尔本该很久以前就自愿离开我们了。"

"Es cierto, entonces no tendríamos ningún hermano."

"没错，那样的话我们就没有兄弟了。"

"Pero podríamos seguir viviendo y honrar su memoria".

"但我们可以继续生活下去，缅怀他。"

"Pero esta bestia nos persigue y ahuyenta a nuestros labradores."

"但这头野兽追赶我们，赶走了我们的房客。"

"Es evidente que quiere apoderarse de todo el apartamento".

"它显然想占领整套公寓。"

"Esta bestia quiere hacernos dormir en la calle."

"这头野兽想让我们睡在街头。"

«Mira, padre», gritó de repente, «¡se mueve otra vez!»

"爸爸，你看！"她突然喊道，"他又动了！"

E hizo algo que ni siquiera Gregor pudo entender.

她做了一件连格里高尔都无法理解的事。

Ella se apartó, como sacrificando a la madre.

她推开自己，仿佛要牺牲母亲一般。

Y ella corrió detrás de su padre buscando algún tipo de seguridad.

她为了寻求某种安全感，就跟在父亲身后跑去。

El padre estaba agitado únicamente porque su hija lo estaba.

父亲之所以焦躁不安，只是因为女儿焦躁不安。

Pero entonces él también se levantó y levantó los brazos sobre ella.

但随后他也站了起来，举起双臂护住她。

Pero Gregor no tenía intención de asustar a nadie.

但格里高尔并没有想吓唬任何人。

Sobre todo no pensó en asustar a su hermana.

他尤其没有想过要吓唬他的妹妹。

Él sólo estaba intentando regresar a su habitación.

他当时只是想转身往回走。

Pero dado que su estado estaba empeorando, incluso esto era difícil.

但他的病情不断恶化，就连这都变得困难了。

Y ya no tenía pleno uso de todas sus piernas.

而且他的双腿已经无法完全活动了。

Entonces usó su cabeza para levantar su cuerpo y girar.

于是他用头顶起身体，转过身去。

Hizo una pausa y miró a su alrededor esperando la aprobación de la familia.

他停顿了一下，环顾四周，寻求家人的认可。

Su buena intención parecía haber sido reconocida.

他的善意似乎得到了认可。

Su movimiento sólo había sido un shock momentáneo para ellos.

他的举动只是让他们感到了一瞬间的震惊。

Ahora todos lo miraban en un silencio infeliz.

现在他们都沉默地、带着不安的神情看着他。

La madre seguía tumbada en el sillón, exhausta.

母亲仍然躺在扶手椅里，筋疲力尽。

El padre y la hermana estaban sentados uno al lado del otro.

父亲和妹妹并排坐着。

«Quizás ahora me dejen dar la vuelta», pensó Gregor.

"也许现在他们会让我转身了，"格里高尔心想。

Y continuó haciendo su torpe movimiento de giro.

他继续做出那个笨拙的转身动作。

No podía reprimir los jadeos ocasionales de esfuerzo.

他时不时会忍不住发出用力的喘息声。

Y se vio obligado a descansar un par de veces entre uno y otro.

他期间被迫休息了几次。

Ya nadie le obligaba a apresurarse; la decisión estaba en sus manos.

现在没有人催他了，一切都由他自己决定。

Al final completó el giro lento y doloroso.

最终，他完成了缓慢而痛苦的转弯。

Inmediatamente comenzó a caminar directamente de regreso a su habitación.

他随即径直走回了自己的房间。

Se sorprendió de lo lejos que estaba de su habitación.

他惊讶地发现自己离房间竟然这么远。

¿Cómo, a pesar de su debilidad, había llegado allí antes?

他虽然身体虚弱，但之前是怎么到达那里的呢？

Había recorrido casi el mismo camino sin darse cuenta.

他几乎走了同样的路却浑然不觉。

Ahora él sólo se concentró en gatear tan rápido como podía.

他现在只专注于尽可能快地爬行。

La falta de comentarios por parte de alguien no le inquietó.

没有人发表任何评论，这并没有让他感到不安。

Sólo cuando ya estaba en la puerta giró la cabeza.

直到他走进门内，才转过头来。

Pero no pudo darse la vuelta para mirar hacia atrás por completo.

但他却无法完全转身回头看一眼。

Porque sintió que su cuello se ponía aún más rígido al girarse.

因为他转身时感觉脖子更加僵硬了。

Pero vio que de todas formas nada había cambiado detrás de él.

但他发现，身后的一切都没有改变。

La única diferencia fue que su hermana se puso de pie.

唯一的区别是他妹妹站了起来。

Su última mirada mostró que su madre se había quedado dormida.

他最后瞥了一眼，发现母亲已经睡着了。

Tan pronto como estuvo dentro de su habitación la puerta se cerró.

他刚一进房间，门就被关上了。

Y tan pronto como la puerta se cerró, el cerrojo quedó bloqueado.

门一关上，闸门就锁上了。

Gregor se asustó por el ruido inesperado que se oía detrás.

格雷戈尔被身后突如其来的声响吓了一跳。

Y sus piernas se doblaron bajo él por la repentina sorpresa.

突如其来的惊吓让他双腿一软，瘫倒在地。

Fue la hermana quien corrió hacia la puerta detrás de él.

是他妹妹冲到他身后的门口。

Ella ya se encontraba allí de pie, esperándolo.

她已经笔直地站在那里，等着他。

Luego saltó hacia delante ligeramente sin que Gregor la oyera.

然后，她轻盈地向前跳了一步，格里高尔没有察觉。

"¡Por fin!" gritó en voz alta mientras giraba la llave.

"终于！"她一边转动钥匙一边大声喊道。

"¿Y ahora qué?", se preguntó Gregor, solo en la oscuridad.

"现在怎么办？"格里高尔独自一人在黑暗中自言自语道
。

Pronto descubrió que ya no podía moverse en absoluto.

他很快发现自己完全动弹不得了。

Pero no le sorprendió realmente su inmovilidad.

但他对自己的行动不便并没有感到意外。

Poder moverse con piernas tan delgadas parecía ridículo.

用这么细的腿走路似乎很荒谬。

No sabía cómo había sido capaz de hacerlo.

他不知道自己以前是怎么做到的。

Pero aparte de eso se sentía relativamente cómodo.

但除此之外，他感觉还算舒适。

Es cierto que sentía un dolor profundo en todo el cuerpo.

他的确感到全身剧痛。

Pero el dolor parecía hacerse cada vez más débil.

但疼痛似乎越来越弱了。

Y sintió que el dolor eventualmente desaparecería.

他觉得这种疼痛最终会消失。

Ya casi no sentía la manzana podrida en su espalda.

他几乎感觉不到背上那颗烂苹果了。

Pensó en su familia con emoción y amor.

他满怀深情地回忆起家人。

Sintió las emociones de su hermana incluso más que ella misma.

他比妹妹更能感受到她的情绪。

Ella tenía razón en lo que había dicho: él tenía que irse.

她说的没错，他必须离开。

Pasó algún tiempo en ese estado vacío y pacífico.

他在这种空旷而宁静的环境中待了一段时间。

El reloj dio tres veces, silenciosamente, pero con firmeza.

时钟轻轻地敲了三下，声音沉稳而有力。

Gregor fue sacado suavemente de sus meditaciones.

格里高尔被轻轻地从沉思中拉了出来。

Observó cómo la luz de la mañana entraba lentamente en su habitación.

他看着晨光缓缓照进房间。

Entonces su cabeza se hundió por completo, sin su voluntad.

然后，他的头不由自主地垂了下去。

Y su último aliento fluyó débilmente de su nariz.

他最后一口气从鼻孔里微弱地流了出来。

La criada entró en su habitación temprano en la mañana.

女佣一大早就进了他的房间。

No encontró nada inusual durante su corta visita habitual.

在她例行的短暂访问中，她没有发现任何异常。

Con fuerza y prisa cerró de golpe todas las puertas.

她凭着一股劲儿和慌乱，砰地一声关上了所有的门。

No fue posible dormir tranquilo en todo el apartamento.

整个公寓里都无法让人安睡。

Le habían pedido que evitara hacer esto por la mañana.

她被要求早上不要这样做。

Ella pensó que él yacía allí inmóvil a propósito.

她以为他是故意一动不动地躺在那里。

Quizás quería demostrarle que estaba ofendido.

或许他是想向她表明他感到被冒犯了。

Ella confiaba en que él tenía todo tipo de inteligencia.

她相信他拥有各种各样的智慧。

Ella sostenía por casualidad la escoba larga en su mano.

她碰巧手里拿着那把长扫帚。

Entonces, desde la puerta, intentó hacerle un poco de cosquillas a Gregor.

于是，她站在门口，试着挠格里高尔的痒痒。

Ella estaba un poco molesta porque él no respondió en absoluto.

她有点恼火，因为他完全没有回应。

Así que esta vez lo empujó un poco más firmemente.

所以这次她更用力地推了他一下。

Cuando él no ofreció resistencia, ella lo miró más de cerca.

他没有反抗，她便仔细地看了看。

Pronto se dio cuenta de lo que realmente le había sucedido a Gregor.

她很快意识到格里高尔身上究竟发生了什么事。

Abrió más los ojos y silbó para sí misma.

她睁大了眼睛，吹了声口哨。

Pero no perdió mucho tiempo antes de abrir la puerta.

但她并没有耽搁太久就打开了门。

Y clamó a gran voz en la oscuridad:

她对着黑暗大声喊道：

"Ven a echarle un vistazo, ahí está, completamente muerto."

"快来看看，它躺在那儿，彻底死了。"

Los dos padres estaban sentados erguidos en el lecho conyugal.

这对父母笔直地坐在他们的婚床上。

Primero tuvieron que superar el impacto del ruido.

首先，他们必须克服噪音带来的冲击。

Pero poco a poco empezaron a comprender su mensaje.

但后来他们慢慢开始理解她的意思了。

El señor y la señora Samsa saltaron cada uno de su lado de la cama.

萨姆萨先生和萨姆萨太太各自从床的一侧跳了起来。

El señor Samsa se echó la gruesa manta sobre los hombros.

萨姆萨先生把厚毯子披在肩上。

Y la señora Samsa salió sin nada más que su camisón.

萨姆萨太太只穿着睡衣就出来了。

Y así entraron en la habitación de Gregor.

他们就这样进入了格里高尔的房间。

Mientras tanto, la puerta de la sala de estar también se había abierto.

与此同时，客厅的门也开了。

Grete había dormido allí desde que los inquilinos se mudaron.

自从房客搬进来后，格雷特就一直睡在那里。

Estaba completamente vestida como si no hubiera dormido en absoluto.

她衣着整齐，好像根本没睡过觉似的。

Su rostro pálido también parecía demostrar su falta de sueño.

她苍白的脸色似乎也证明了她睡眠不足。

"¿Está muerto?" preguntó la señora Samsa, mirando a la criada.

"他死了吗？" 萨姆萨太太看着女佣问道。

Ella podría haberlo confirmado mirándolo ella misma.

她本来可以自己看看他，就能证实这一点。

"Creo que sí", dijo la criada cogiendo la escoba.

"我想是的，" 女仆说着，拿起扫帚。

Y ella empujó su cuerpo muy lejos por el suelo.

她把他的身体推了出去，使其在地板上滑行了很远。

La señora Samsa hizo un movimiento como si quisiera detenerla.

萨姆萨太太做了个动作，好像要阻止她。

Pero al final dejó que la criada llevara a Gregor de un lado a otro.

但最终她还是让女仆带着格里高尔到处走动。

—Bueno —dijo el señor Samsa—, por fin podemos dar gracias a Dios.

"好吧，" 萨姆萨先生说，"我们终于可以感谢上帝了。"

Hizo la señal de la cruz; cabeza, pecho, hombros.

他做了个十字圣号：头、胸、肩。

Y las tres mujeres siguieron su ejemplo religioso.

这三位女性也效仿了他的宗教信仰。

Grete, que no apartaba la vista del cadáver, dijo:

格雷特目不转睛地盯着尸体，说道：

"Mira qué delgado estaba, hacía tanto tiempo que no comía."

"你看他多瘦啊，他很久没吃东西了。"

"La comida que le dejaba cada mañana siempre estaba
intacta."

"我每天早上留给他的饭菜总是原封不动。"

De hecho, el cuerpo de Gregor estaba completamente plano
y seco.

事实上，格里高尔的尸体完全扁平且干燥。

Esto era más visible ahora que estaba en el suelo.

他倒在地上后，这一点就更加明显了。

Porque su cuerpo ya no era levantado por sus piernas.

因为他的身体已经无法靠双腿支撑起来了。

Y porque no había nada más que distrajera la vista.

因为周围没有任何其他事物分散注意力。

—Ven un rato con nosotros, Grete —dijo la señora Samsa.

"格雷特，进来和我们待一会儿吧，"萨姆萨太太说。

Había una sonrisa dolorosa en sus labios mientras hablaba.

她说话时，嘴角挂着一丝痛苦的微笑。

Grete los siguió, pero también miró hacia el cadáver.

格雷特跟着他们，但也不时回头看了一眼尸体。

La criada cerró la puerta y abrió completamente la ventana.

女佣关上门，把窗户完全打开。

Todavía era temprano, por lo que normalmente el aire
estaría frío.

当时时间还早，所以空气通常会比较冷。

Pero también había una mezcla de calidez en el aire frío.

但寒冷的空气中也夹杂着一丝暖意。

Como un suave recordatorio de que ya era finales de marzo.

仿佛轻轻地提醒我们，三月已经结束了。

Los tres inquilinos ahora también salieron de su habitación.

这时，三位房客也走出了房间。

Miraron a su alrededor con asombro en busca de su desayuno.

他们惊奇地四处张望，寻找早餐。

El desayuno fue olvidado por lo que encontró la criada.

因为女佣发现了那件事，早餐被遗忘了。

"¿Dónde está el desayuno?" se quejó el caballero del medio.

“早餐呢？”中间那位先生抱怨道。

La criada se llevó el dedo a la boca para ordenar silencio.

女仆把手指放在嘴唇上，示意安静。

Y ella rápidamente y en silencio saludó a los caballeros.

她匆匆默默地向两位先生挥了挥手。

La criada acompañó a los tres caballeros a la habitación.

女仆领着三位男士进了房间。

Y continuó explicándoles lo que había sucedido.

她继续向他们解释发生了什么事。

Y los tres caballeros estaban alrededor del cadáver de Gregor.

三位先生围着格里高尔的尸体站着。

Con las manos en los bolsillos miraron hacia abajo.

他们双手插在口袋里，低头看着前方。

La luz de la mañana ahora había inundado completamente la habitación.

晨光已经完全照亮了整个房间。

Entonces se abrió la puerta del dormitorio y apareció el señor Samsa.

这时卧室门开了，萨姆萨先生出现了。

A un lado estaba su esposa y al otro su hija.

一边是他的妻子，另一边是他的女儿。

Para entonces el señor Samsa ya llevaba puesto su uniforme.

萨姆萨先生此时已经穿好了制服。

Se podía ver que todos habían estado llorando un poco.

可以看出，他们都哭过一会儿。

Grete presionó su cara contra el brazo de su padre.

格雷特把脸贴在父亲的胳膊上。

"¡Sal de mi apartamento inmediatamente!" ordenó el señor Samsa.

"立刻离开我的公寓！"萨姆萨先生命令道。

Y señaló la puerta sin dejar salir a las mujeres.

他指着门，却没有放开那两个女人。

"¿Qué quieres decir?" preguntó el intermediario desconcertado.

"你这话是什么意思？"中间人困惑地问道。

Y él hizo lo mejor que pudo para sonreír dulcemente al señor Samsa.

他尽力对萨姆萨先生露出甜美的笑容。

Los otros dos llevaban las manos tras la espalda.

另外两人将双手背在身后。

Y se frotaron las manos con anticipación.

他们搓着手，满怀期待。

Parecía que esperaban que se produjera una fuerte pelea.

他们似乎预料到会发生一场激烈的争吵。

Pero ellos parecían estar contentos con la discusión que se avecinaba.

但他们似乎对即将到来的争论感到高兴。

Creían que la disputa sería a su favor.

他们认为这场纠纷会对他们有利。

"Quiero decir exactamente lo que acabo de decir", respondió el señor Samsa.

"我的意思就是我刚才说的那个意思，"萨姆萨先生回答道。

Caminó en línea recta con sus dos compañeros.

他和两个同伴排成一列走去。

Y el señor Samsa se dirigió directamente a su caballero principal.

萨姆萨先生直接找到了他们的领头人。

El caballero primero se quedó quieto, mirando al suelo.

这位先生起初只是站在那里，低头看着地面。

El contenido de su cabeza todavía estaba ordenándose.

他脑子里的想法还在整理之中。

—Está bien, nos vamos —dijo y miró al señor Samsa.

"好吧，我们去，"他说着，抬头看向萨姆萨先生。

Una nueva humildad pareció apoderarse de él de repente.

他似乎突然变得谦逊起来。

Y parecía estar pidiendo permiso para esta decisión.

他似乎是在为这个决定征求许可。

El señor Samsa abrió mucho los ojos y asintió un poco.

萨姆萨先生睁大了眼睛，轻轻点了点头。

Los caballeros obedecieron inmediatamente su orden.

这些先生们立即遵照他的命令行事。

Y efectivamente dieron largos pasos por el pasillo.

他们迈着大步走进了走廊。

Sus amigos ya habían dejado de frotarse las manos.

他的朋友们已经停止搓手了。

Habían estado escuchando cómo iba la conversación.

他们一直在偷听谈话内容。

Y ahora corrían tras él, como si tuvieran miedo.

他们现在正追着他跑，仿佛很害怕似的。

El señor Samsa aún podría aislarlos de su líder.

萨姆萨先生或许仍会让他们与他们的领导人隔离开来。

Sacaron sus palos del contenedor.

他们从棍子盒里抽出棍子。

Y se inclinaron en silencio antes de salir del apartamento.

他们默默鞠躬后离开了公寓。

El señor Samsa y las dos mujeres salieron del patio delantero.

萨姆萨先生和两位女士走出了前院。

Pero en realidad no tenían motivos para desconfiar de los hombres.

但实际上，他们没有任何理由不信任这些人。

Se apoyaron en la barandilla para comprobar si se habían ido.

他们倚在栏杆上，查看他们是否已经离开。

Los tres caballeros efectivamente estaban bajando las escaleras.

这三位先生确实正在下楼梯。

En un determinado recodo de la escalera desaparecieron.

在楼梯的某个拐角处，他们消失了。

Y entonces la escalera los trajo de nuevo a la vista.

然后，楼梯又把他们带回了视线中。

Esta aparición y desaparición se repite en cada piso.

这种出现和消失的现象在每一层楼都会重复发生。

Pero al final casi habían llegado al fondo.

但最终他们几乎已经查明了真相。

Cuanto más avanzaban, más aburridos parecían.

他们走得越远，就越无趣。

Todos regresaron a casa, como si se sintieran aliviados.

大家都回到了屋里，仿佛如释重负。

Decidieron aprovechar el día para descansar y salir a pasear.

他们决定利用这一天休息一下，出去散散步。

Sentían que merecían este descanso de su trabajo.

他们觉得自己理应得到这份工作上的休息。

No sólo merecían este descanso, sino que lo necesitaban.

他们不仅应该得到这次休息，他们也需要这次休息。

Se sentaron a la mesa para escribir cartas de disculpas.

他们坐在桌旁写道歉信。

El señor Samsa escribió una carta de disculpas a su dirección.

萨姆萨先生向他的管理层写了道歉信。

La señora Samsa escribió su carta de disculpas a sus clientes.

萨姆萨夫人给她的客户写了一封道歉信。

Y Grete escribió su carta de disculpa a su director.

格雷特给校长写了一封道歉信。

Mientras todos escribían, la criada llegó a la habitación.

他们都在写作的时候，女佣进了房间。

Su trabajo de la mañana había terminado, por lo que se dirigía a casa.

她上午的工作结束了，所以她要回家了。

Los tres escritores asintieron al principio, sin levantar la vista.

三位作家起初只是点了点头，没有抬头。

Pero la criada no parecía querer irse todavía.

但女佣似乎还不想离开。

Esperó un poco, hasta que los tres escritores levantaron la vista.

她等了一会儿，直到那三位作家抬起头来。

"¿Y bien?" preguntó el señor Samsa, enojado como los demás.

"怎么样？"萨姆萨先生生气地问道，和其他人一样。

La criada estaba parada en la puerta con una sonrisa en su rostro.

女仆面带微笑地站在门口。

Dio la impresión de tener buenas noticias que informar.

她给人的印象是似乎有好消息要宣布。

Pero ella no iba a compartir la noticia a menos que se lo pidieran.

但除非有人问起，否则她不会主动透露这个消息。

La pluma de avestruz erguida sobre su sombrero se balanceaba ligeramente.

她帽子上竖立的鸵鸟羽毛微微摇晃。

Aquella pluma de avestruz siempre había molestado al señor Samsa.

那根鸵鸟毛一直让萨姆萨先生很恼火。

—Entonces, ¿qué quieres? —preguntó la señora Samsa con firmeza.

"那么，你到底想要什么？"萨姆萨太太坚定地问道。

La criada todavía tenía mucho respeto por la señora Samsa.

女佣仍然非常尊敬萨姆萨太太。

"Sí", respondió ella y soltó una carcajada amistosa.

"是的，"她回答道，并发出了一声友好的笑声。

Por un momento su risa le impidió hablar.

她笑了起来，一时说不出话来。

"No tienes que preocuparte por esa cosa de al lado".

"你不用担心隔壁那东西。"

"Ya he decidido cómo nos desharemos de él".

"我已经安排好如何处理它了。"

La señora Samsa y Grete continuaron escribiendo sus cartas.

萨姆萨太太和格雷特继续写信。

Pero el señor Samsa se dio cuenta de que la criada aún no había terminado.

但萨姆萨先生注意到女佣还没干完活。

Ahora quería describir todo con más detalle.

现在她想把所有事情都描述得更详细一些。

Pero él extendió su mano para rechazar sus esfuerzos.

但他伸出手拒绝了她的好意。

Se dio cuenta de que no estaban interesados en sus planes.

她意识到他们对她的计划不感兴趣。

Y entonces recordó la gran prisa en la que había estado.

然后她才想起自己之前有多么匆忙。

"Ciao entonces", dijo ella, insultada por la falta de interés.

"那再见了，"她说道，对对方缺乏兴趣感到很受侮辱。

Pero antes de irse cerró la puerta de un golpe terriblemente fuerte.

但她离开前狠狠地把门摔上了。

"La despedirán esta noche", dijo el señor Samsa.

"她晚上就会被解雇，"萨姆萨先生说。

Pero su esposa y su hija estaban demasiado ocupadas para responderle.

但他的妻子和女儿太忙了，没空回答他。

Porque la criada había perturbado la paz recién adquirida.

因为女佣打扰了他们好不容易获得的平静生活。

La madre y la hija se levantaron para ir a la ventana.

母亲和女儿起身走到窗边。

Y abrazados se quedaron allí.

他们互相搂着对方，就这样待了下来。

El señor Samsa se giró en su silla para mirarlos.

萨姆萨先生在椅子上转过身去看他们。

Y por un rato los observó en silencio mientras estaban allí de pie.

他静静地看着他们站在那里，过了好一会儿。

Finalmente les gritó: "¿Queréis venir a mí?"

最后他向他们喊道： "你们愿意到我这里来吗？"

"Olvidémonos de todas esas cosas viejas, ¿de acuerdo?"

"咱们就把那些旧事都忘了吧。"

"Ven a mí y dame un poco de tu atención."

"过来，给我一点关注。"

Las dos mujeres hicieron lo que él les dijo y corrieron hacia él.

两个女人照他说的做了，赶紧跑到他身边。

Le dieron un abrazo cariñoso y le besaron.

他们给了他一个热情的拥抱，并亲吻了他。

Regresaron rápidamente para terminar de escribir sus cartas.

他们很快回去继续写信。

Luego los tres abandonaron el apartamento juntos.

然后他们三人一起离开了公寓。

No habían salido juntos de casa desde hacía meses.

他们已经好几个月没有一起出门了。

Y tomaron el tranvía hasta las afueras de la ciudad.

他们乘有轨电车去了市郊。

Tenían todo el vagón del tranvía para ellos solos.

他们独享了整节电车车厢。

La luz del sol entraba a raudales por la ventana desde el exterior.

阳光透过窗户从外面倾泻而入。

La familia se reclinó cómodamente en sus asientos.

一家人舒适地靠在椅背上。

Y discutieron las perspectivas para su futuro.

他们讨论了未来的前景。

Al examinarlos más de cerca, sus perspectivas no eran malas.

仔细分析后发现，他们的前景并不差。

Los tres tenían trabajos con potencial para ganar más.

他们三人都有可能赚更多钱的工作。

Nunca se habían preguntado sobre su trabajo.

他们从未互相询问过对方的工作情况。

Pero ahora finalmente tenían tiempo para discutir esas cosas.

但现在他们终于有时间讨论这些事情了。

También tenían la opción de mudarse a un apartamento más pequeño.

他们也可以选择搬到面积较小的公寓。

Esto tendría el mayor impacto en sus vidas.

这将对他们的生活产生最大的影响。

Su apartamento actual había sido elegido por Gregor.

他们现在的公寓是格雷戈尔挑选的。

Pero ahora podrían mudarse a algún lugar más asequible.

但现在他们可以搬到更便宜的地方了。

Un apartamento más pequeño, pero en un lugar más práctico.

公寓面积小一些，但更实用。

Hablar sobre el futuro hizo que Grete se sintiera nuevamente más animada.

谈论未来让格雷特又恢复了活力。

El señor y la señora Samsa también notaron otros cambios en ella.

萨姆萨夫妇也注意到她身上的其他变化。

Sus mejillas se habían vuelto pálidas por todas sus preocupaciones.

她因为忧虑过度，脸色变得苍白。

Pero ahora su hija se estaba convirtiendo en una bella dama.

但现在他们的女儿已经出落成一位亭亭玉立的淑女。

Ahora ella realmente era una joven bien formada y hermosa.

她现在确实是一位身材匀称、容貌姣好的年轻女性。

Sus padres guardaron silencio y admiraron a su hija.

她的父母沉默不语，默默地欣赏着自己的女儿。

Se miraron el uno al otro comunicándose inconscientemente.

他们不自觉地对视了一眼，交流在进行。

"Pronto llegará el momento de encontrar un buen hombre para ella."

“很快就该给她找个好男人了。”

El tranvía había llegado a su destino y redujo la velocidad.

电车到达目的地后减速。

Su hija pareció confirmar sus nuevos sueños.

他们的女儿似乎印证了他们的新梦想。

Ella fue la primera en levantarse y estirar su joven cuerpo.

她是第一个站起来伸展她年轻身体的人。